꽃의 온도를 재다

꽃의 온도를 재다

강희진 에세이

도서출판 북인

작가의 말

문학의 끈 놓지 않고 꽃길로

하늘에 구름이 예쁘다.

푸른 초원의 양떼처럼

부서지는 바닷가 파도처럼

점 점 떠가는 구름 나그네의 발길에서

행복을 같이 본다.

글을 쓴 지 20년이 넘었다.

글공부 첫 수업 스승은

글보다 사람이 되어야 한다고 강조하셨다.

글은 곧 사람이라고, 사람이 반듯하면

글은 저절로 되는 거라고 하셨건만

아직은 모든 게 부족해

마음에 드는 글 한 편 잡지 못했다.

50대에 소망이 있었다.

기대와 희망을 가득 담은 상상

미래는 역시 눈부신 환상에 불과함을 알겠다.
앞으로의 시간은 예단하지 않고
순간순간 즐기면서 살고 싶다.
그 안에서 문학의 끈을 놓지 않고
잘 쓰지는 못해도 잘 쓰고자 하는 마음 때문에
그래도 꽃길을 갈 수 있었다고
소박한 꽃이나마 피우면서 걸어갈 수 있었다고
오늘도 그렇게 글밭 모퉁이를 돌아나간다.
수아, 수빈, 새 가족이 된 찬이, 남편 모두 고맙고,
무엇보다 영원한 글 스승인 반숙자 선생님께
감사의 마음 전합니다.

2021년 시월
강희진

차례

제3장

제4장

제5장

제1장

베아트리체 첸치

그림 한 점을 선물 받았다. 거실에 걸었더니 마치 봄이 와 있는 듯 화사하다. 초록색 잔디 위에 나무 세 그루가 그려져 있고 빈 나무 벤치가 놓여 있다. 바탕은 온통 노란 색이다. 내가 가장 좋아하는 초록과 노랑의 색감과 여백의 미가 발을 멈추게 한다. 그림을 쳐다볼 때마다 빈 의자에 앉아 이야기를 나눈다. 어떤 날은 직장에서 지친 딸과 마주 앉아 위로를 하고, 어떤 날은 파파할머니가 된 내가 손주와 나란히 앉아 그의 엄마이면서 내 딸의 이야기를 하고, 어떤 날은 남편과 앉아 우리가 함께했던 이야기를 나누는 상상을 한다. 그림 한 점이 새로운 감각을 깨우고 있다.

대학원 다닐 때 동양화 구도론과 동양화 읽는 법에 대한 강의를 들었다. 그 때문인지 그림을 보면 그 속에 숨겨진 이야기를 찾으려고 하고 작가는 그림을 통해 무엇을 말하려했는지 의도를 궁금해한다. 그래서 우리 집에는 뜻 그림들이 걸려 있다. 거실에는 부귀를 나타내는 목련이 걸려 있고 아이들 방에는 출세를 뜻하는 잉어 그림이 있고 안방에는 화조도가 있다.

이즈음 그림을 선물받고 서양화는 동양화와 무엇이 다르며 어떻게 해석하나 하는 생각이 들어 여기저기 기웃거리다가 '스탕달신드롬'이 있다는 것을 알게 되었다. 뛰어난 예술작품이나 문학작품을 보고 가슴이 뛰거나 현기증, 심지어 환각까지 경험한다는 증상이다. 『적과 흑』을 쓴 프랑스 작가 스탕달이 귀도 레니가 그린 〈베아트리체 첸치〉 작품을 보고 나오던 중 무릎에 힘이 빠져 주저앉으면서 황홀경을 경험했다는 사실을 자신의 책에 적어놓은 데서 유래했다고 한다.

대관절 베아트리체 첸치가 어떤 그림이기에 그랬을까 하는 생각이 들어 인터넷에서 검색을 해봤더니 '터번을 쓴 여인'으로 내가 알고 있었던 명화였다. 베아트리체 첸치의 사연을 알고 그 그림을 다시 보니 나 또한 가슴이 답답하면서 분노와 연민으로 잠깐 심상이 흔들리는 것을 경험했다.

이 그림은 귀도 레니의 작품이다. 22살의 짧은 나이로 형장의 이슬로 사라진 베아트리체 첸치를 처형 당하기 전날 밤 감옥으로 찾아가 그린 그림이다. 베아트리체 첸치는 친부를 죽인 죄로 사형선고를 받았다. 그녀의 아버지는 이탈리아 피렌체의 귀족이었지만 폭력적이고 비도덕적인 사람이었다고 한다. 아름다운 여인으로 성장한 베아트리체 첸치를 14살 때부터 상습적으로 성폭행했고, 가족에게는 폭력을 휘둘렀는데 폭력을 견디지 못한 가족들이 함께 아버지를 죽였다고 한다. 당시 시민들이, 사형선고를 받았던 그녀의 정황을 알고서 항의했지만 끝내 사형을 당하였다. 그런 사연을 가진 베아트리체 첸치의 죽기 전날 밤 마지막 모습이다. 그림 속의 그녀는 흰 터번을 쓰고 맑은 눈망울과 엷은 미소를 짓고 있다. 고통스러운 삶을 포기한 듯 처연한 아름다움에 마음을 베였다. 오랫동안 그림을 바라보다 거실로 나와 선물받은 그림 앞에 섰다. 초록과 노랑의 어울림이 마음을 환하게 해준다. 밝은 에너지가 느껴져 우울한 마음이 조금 사라졌다.

알랭 드 보통은『영혼의 미술관』에서 우리는 예술작품을 통해 희망을 갖고 인성의 균형을 가지며, 슬픔을 존엄화한다고 했다. 또 자기를 이해하여 성장으로 이끌고 일상생활에서 감각을 일깨운다고도 했다. 그가 하는 말을 다는 이해하지 못하지만 작가가 심혈을 기울여 완성한 작품을 통해 일상의 감각을 일깨워 나를 이해하고 성장을 한다는 것은 어슴푸레 이해가 된다.

갑자기 베이트리체 첸치라는 이름이 아련해온다. 400여 년 전에 그려진 한 폭 그림인데 전율적인 감동이 한동안 뇌리에서 떠나지 않는다. 오죽해서 스탕달신드롬이라는 신조어를 낳았을까. 비록 죽어도 엷은 미소를 지닌 22살의 모습으로 앞으로도 영혼이 남아 있을 것이다. 단순히 아름다움을 추구하는 예술의 차원을 뛰어넘는 감동 때문에 오늘 하루가 오랫동안 잊히지 않을 것 같다.

미스비헤이비어

문학회 활동이 올해로 26년째이다. 처음 모임을 만들 때 임신을 한 채 막내로 합류했던 회원이 모임회장을 맡고 있다. 새댁이었던 막내회원 그녀가 50살을 넘었다. 세월이 유수라는 말을 실감한다. 올해 음성군 양성평등기금 소모임 공모사업에 '시네마우먼 페미니즘 영화보기'로 응모해 선정되었다며 첫 영화로 〈미스비헤이비어〉라는 영화를 선정해왔다.

〈미스비헤이비어〉는 기존의 관습과 질서를 거부하는 행동을 의미하는데 이 영화가 미스MISS월드 반대운동을 함께 담고 있어 중의적인 뜻을 품고 있다. 1970년 영국 런던 미스월드 선발대회 시청률이, 역사상 최고의 사건이었던 우주선이 달에 착륙했던 방송보다 더 높았다고 한다. 전 세계 1억 명이 미스월드 선발대회를 시청했다니 그 인기를 실감하겠다. 50년 전 런던 미스월드 선발대회 생방송장에 몰래 잠입해 여성의 성상품화와 평가반대를 외쳤던 여성들의 실화를 다룬 영화이다.

이 영화에는 미스월드를 반대한 여성들과 흑인 최초로 미스월드가 된 '제니퍼 호스텐'이 등장한다. 미스월드를 반대해 생방송장에서 체포되었던 '샐리 알렉산더'와 '조 로빈슨'은 그 당시 전 세계 신문 1면을 장식하며 큰 반향을 일으켰다.

그 후 '샐리 알렉산더'는 런던대학교의 근대사 교수로 재직하면서 남성 중심의 학문사회의 변화를 위해 노력했다. '조 로빈슨'은 산파 자격증을 지닌 여성으로 활동하며 가부장제사회에 맞선 운동을 계속했다. 또한 1970년 미스월드가 되었던 그라나다의 '제니퍼 호스텐'도 인종차별과 성차별을 이겨낸 여성으로 캐나다 주재 그라나다 고등판무관에 임명되어 활동했다. 그녀가 미인대회에 나온 이유가 고국 그라나다의 차별받는 흑인 여성들에게 희망을 주기 위해서였던 사연도 소개된다. 1970년 미스월드를 반대했던 여성들과 미스월드가 되었던 여성을 각각 공평하게 다루며 모든 여성을 위한 영화로 탄생되었다.

기대하지 않고 갔던 영화에 우리 회원 모두가 만족해하며 극장을 나왔다. 안타까운 것은 그래도 이 영화가 서울에서는 예매순위 6위를 했는데 우리가 봤던 극장은 코로나의 영향 때문인지 우리 회원 5명이 전세내듯 보고 나왔다. 이 좋은 영화를 많은 사람이 볼 수 있었으면 좋겠다고 우리 모두 아쉬움을 표했다.

어릴 때 텔레비전에서 미스코리아를 방송할 때면 온 가족이 둘러앉아 시청을 하고 예쁜 여성들에 열광했었다. 그 당시 우리에게 누구도 그것이 여성을 상품화한다는 것을 가르쳐주지 않았다. 여성은 예뻐야 한다는 고정관념에 사로잡혀 기존 관습을 깨지 못했기 때문이리라. 우리나라도 앞선 여성들의 노력으로 미인대회는 존재하지만 텔레비전으로 방송되는 일은 없어졌다. 수많은 여성이 다음세대 여성의 자유와 해방을 위해 싸웠기에 지금의 여성들이 뒤를 이어 양성평등을 외치고 있으리라.

2017년 페루에서는 독특한 미인대회가 열렸다. 미인대표들이 무대에 올라 자신의 신체 사이즈 대신 페루에서 여성을 대상으로 일어나고 있는 범죄의 수치를 말했다. "저는 1번 어느 지역 출신 누구이며 저의 측정치는 3,114명입니다. 이는 2014년까지 인신매매 수치입니다. 저는 2번 누구이며 도시 내 여성의 80% 이상이 폭력으로 고통 받고 있습니다." 이렇게 페루 미인대회에 참석한 여성들은 페루에서 여성을 상대로 일어나고 있는 범죄 수치를 말함으로써 사태의 심각성을 알렸다. 2년 뒤인 2019년 미인대회에서도 페루 여성들의 유방암 수치를 알리고 유방암으로 사망한 여성들을 기리기 위해 미인대회 참가자 전원이 머리카락을 모두 밀고 나오면서 가볍게 즐길거리로 만들지 않았다. 동시에 유방암에 대한 사회적 인식을 확산시키기도 했다.

우리는 빠르게 변해가는 세상 속에서 살아가고 있다. 그런데도 성평등에 대한 인식은 쉬 변하지 않는다. 1970년과 2020년 여전히 성차별과 인종차별이 전 세계적으로 이슈가 되고 있다.

재미도 있거니와 영화를 통해 전달하고자 하는 메시지를 통해 한 번쯤 엄마와 아내, 딸을 생각해보는 영화 〈미스비헤이비어〉를 이번 주말 보기를 추천한다.

●

오월, 그날

오월의 푸름은 눈이 부시다. 오늘 아침 가족 톡에 올라온 사진은 목단꽃과 작약꽃밭이다. 퇴직한 후 군산에 사는 형부는 사진에 취미를 가지고 전국을 돌아다니면서 사진을 찍어 가족 톡에 올리고 있다. 가만히 앉아서 우리나라 곳곳을 눈으로 여행하고 계절에 맞는 아름다운 사진을 보는 것에 소소한 행복을 느낀다. 이맘때쯤 고향의 밭 여기저기는 목단꽃과 작약꽃이 가득했었다. 5월과 목단꽃 사진이 오래된 기억을 소환한다.

목단은 뿌리를 약용으로 쓰기에 영양분이 꽃으로 가는 것을 막으려고 꽃이 피면 꺾어버린다. 그 꽃이 아까워 한아름 안고 학교로 가서 교탁 위에 꽂아두고는 했다. 그래서 5월 한 달은 작약꽃과 목단꽃이 내내 꽂혀 있었다. 또한 내게는 처연하게 목단꽃과 작약꽃밭을 지나갔던 기억도 있다.

며칠 전 5·18민주화운동 기념일이었다. jtbc에서 도청점거 때 마지막 방송을 했던 분과 인터뷰를 했다. 40년 전 그 곱던 얼굴이 중년 여인이 되어 있었다. 1980년도 그 당시 나는 고등학교 2학년이었다. 가야금반 친구가 있어 끝나기를 기다리며 복도 유리창 너머로 쳐다보았던 가야금 선생님이다. 5·18 때 도청에서 그 방송을 끝으로 무수한 소문이 떠돌았다.

그날 고등학교 2학년인 나는 여느 때처럼 학교에 갔다. 그 전날과 다른 거라면 곳곳에서 군인들을 보았다는 것이다. 4교시가 끝난 후 들어오신 담임 선생님은 몸조심하라고 하시며 우리를 집으로 돌려보냈고 오랫동안 휴교에 들어갔다.

휴교 다음날 금남로에 잠깐 나갔다가 중학교 동창들을 만났다. 내가 다니던 학교 주변에 고등학교가 몇 개 있었던 까닭에 중학교 동창들 자취하는 집들이 근거리에 모여 있었다. 집으로 돌아가자는 의견을 모았고 다음날 새벽에 출발해 버스가 다닌다는 화순까지 30여㎞를 걸었다. 광주를 탈출해 길게 걷는 행렬 위로 낮게 떠서 주위를 배회하던 헬리콥터의 공포.

이후 고등학교를 졸업하고 대학에 진학했던 친구들의 소식, 민주화운동, 감옥, 민주화로 해금이 되어 뒤늦게 복학을 해서 다행이라고 생각했다. 하지만 그들이 겪었던 트라우마로 일상생활이 불가능해졌다. 한 친구는 스님이 되었고, 또 한 친구는 종교에 빠져 산으로 들어갔고 또 다른 친구는 살풀이춤으로 한을 달래다 어딘가로 떠났다. 그들이 왜 그 트라우마에서 헤어나오지 못했는지 시간이 지날수록 점점 더 깊이 이해가 된다.

이제는 나와 소식이 끊어진 그 친구들도 가야금 선생님이 40년을 살아냈듯이 어디에선가 이 오월을 함께하고 있을까? 피지 못한 꽃으로 져버렸지만 하늘을 쳐다보면 그 향기가 남아 있는 것 같다. 가야금 선생님은 그 동안 이름까지 바꾸고 살다가 이제 다시 대중 앞에 나왔다고는 하지만 제대로 평가를 받지도 못하고 있으며, 질곡의 세월 40여 년은 또 누가, 어떻게 보상해줄 것인가? 그들의 희생으로 나는 오늘 편안한 일상을 누리고 살아가고 있다.

40년 전 화순까지 걷던 길가에 처연히 피었던 그 목단과 작약은 평생 잊지 못할 것이다. 묻고 지냈던 마음의 부채가 오늘 따라 더 무겁게 짓누른다. 차를 몰고 들판으로 나왔다. 오월의 하늘은 늘 그랬듯이 야속하게 푸르기만 하다.

5·18 기념식에서 가수 김필이 불렀던 〈편지〉라는 노래 가사가 마음에 남는다. "오 사랑한 사람이여 더 이상 못 보아도/ 사실 그대 있음으로/ 힘겨운 날들을 견뎌왔음에 감사하오/ 좋은 사람 만나오/ 사는 동안 날 잊고 사시오/ 진정 행복하길 바라겠소/ 이 맘만 가져가오."

5월의 푸름을 마음껏 만끽할 날은 있을까? 하루 빨리 진상규명이라도 된다면 살아남은 우리는 조금이라도 마음의 짐을 덜 수가 있을까?

복실이의 죽음을 애도하며

지난 토요일 새벽 공장에 홀로 매여 있던 강아지가 죽었다. 일요일 강아지 밥을 주러갔던 직원의 말에 의하면 강아지 목줄에 나무 막대기가 엉키면서 목을 찔렀다는 것이다. 그날 새벽 마을에 사는 아저씨가 2시간 여를 애타게 우는 소리를 들었다는데 그게 바로 살려달라는 외침이었으련만 누구도 도와주는 이가 없었던 것이다.

말을 듣고 나니 먹먹했다. 평소와는 달리 그렇게 울면 좀 와서 들여다보지 그랬냐고 말하고 싶었으나 사람이 울어도 나와보지 않는 세상에 강아지가 무에 대수랴 하고 여긴 것 같았다. 하필 새벽이라서 일이 더 공교로웠다. 마을 아저씨의 말에 의하면 낑낑대는 소리를 들은 지 2시간 후에 조용해지더라고 했으니 그게 불쌍한 강아지의 마지막이었다.

강아지가 온 것은 한 달 전이다. 어느 날 출근을 해보니 공장 뒤뜰에 어린 강아지가 매어져 있었다. 처음 보는 내게 꼬리를 흔들면서 낑낑거렸다. 그날은 그냥 지나쳤는데 다음날도 여전히 낑낑대는 것이 보아달라고 하는 것 같아 안쓰러웠다. 누가 데려온 것이냐고 물어봤더니 직원이 처갓집에서 가져왔다고 한다. 보니 아직 어린 강아지다. 맑은 눈이 '당신도 엄마잖아'라는 것 같아 쓰다듬어 주며 이름을 '복실이'라고 지어주었다.

강아지를 좋아하지만 이따금 출근하는 나로서는 들여다보며 눈을 맞추는 게 전부였다. 곱게 죽었어도 어린 녀석이라 마음이 아팠을 텐데 변을 당해 피 토하는 울음을 2시간이나 울다 죽었다는 것이 내내 가슴 아프다.

지난해 일어났던 16개월 된 정인이사건은 온 국민들의 공분을 샀다. 3번씩이나 학대의심 신고를 했음에도 신속하게 대처하지 않아 죽음에 이르렀다. 정인 양의 사인이 외력에 의한 복부 손상, 췌장 절단과 후두부와 쇄골 대퇴골 등이 골절된 것으로 모두들을 경악하게 했다.

2013년 일어났던 칠곡 계모사건도 죽은 아이의 몸에서 상처를 발견한 담임교사가 '학대소견'까지 써서 신고했지만 그대로 묵살되었다고 한다. 보다 못한 언니가 지구대에 신고했는데도 그냥 넘어갔으며 해바라기센터에서 경고했음에도 흐지부지된 것은 다름 아닌 무관심의 소치다. 반대로 2015년 인천 여아학대사건에서는 슈퍼마켓 주인이 관심 있게 보고 그냥 돌려보내지 않고 신고를 한 것이 아이를 구하는 일이 되기도 했다. 우리의 무관심이 멀쩡한 생명을 죽음으로까지 몰고갈 수 있고 반면 우리의 관심이 생명을 구할 수도 있다.

복실이 또한 동네 사람 누구라도 그 처절한 울음소리를 듣고 찾아와 줬더라면 오늘도 반갑게 맞아주지 않았을까? 나만 보면 또랑한 눈망울로 꼬리를 흔들던 모습이 자꾸 떠오른다. 그보다는 한창 귀염을 받고 자랄 어린 소녀가 변을 당해 세상을 떠난 게 어린 강아지와 오버랩된다. 아직 어려서 누군가 관심을 갖고 돌봐줘야 될 이들에게 내려진 무관심의 소치는 너무나 가혹했다. 좀 더 관심을 갖고 고통을 호소하는 목소리에 귀기울인다면 말 못하는 동물이 비명 끝에 죽고 어린 소녀가 떨어지는 꽃처럼 피우지도 못한 채 세상을 버리지는 않았을 것이다.

강아지가 죽던 날은 앞산의 벚꽃이 종일 휘날렸다. 갑자기 날씨가 따뜻해지면서 천천히 오래 피어야 될 꽃망울이 미처 도드라질 새 없이 피고는 사흘 만에 떨어져버렸다. 이상기온의 여파로 요절해버린 벚꽃과 강아지 때문에 봄날 아침이 자꾸 쓸쓸해진다. 일찍 찾아온 봄으로 천지에 꽃들이 의기양양 뽐내고 있지만 저 봄꽃이나마 비명에 간 소녀와 어린 강아지처럼 덧없이 지지 말기를 간절히 빌어본다.

타인의 외모 말하지 않기

지난 주 마음을 끄는 두 가지 기사가 있었다. 하나는 부산 모 중학교 여중생들의 속옷 색깔 자유화와 자기 몸 긍정주의body positivity에 대한 기사였다.

최근 사람들의 속마음을 표현하는 도구가 된 것이 포스트잇이다. 2016년 강남역 살인사건 때도 노란 색 포스트잇이 나부꼈고 구의역에서 실습생의 안타까운 죽음이 있은 후에도 추모의 포스트잇이 물결을 이루었다. 지난 주 여중생들의 항의가 있을 때에도 학교 건물 계단과 벽에 포스트잇으로 자신들의 생각을 당당히 밝혔다.

하복을 입으면서 유색 속옷이 비친다고 복장검열을 한다는 것에서부터 아이들의 의사 표현이 시작되었다. 교칙에 따라 흰 속옷만 입으라는 지시에 속옷을 선택해서 입을 자유도 없느냐는 이유 있는 항변이었다. 거센 포스트잇 반발로 학교 측에서 학칙 개정 여부에 앞서 속옷 색깔을 스스로 정해 입도록 하는 임시조치를 취했고 곧 속옷 색깔을 규정한 학칙 개정 여부를 결정할 예정이라고 한다.

이 기사의 댓글에는 많은 여성들이 공감을 보냈다. 속옷을 고르는 것은 개인의 선택이지 학교가 선택하는 것이 아니라는 의견부터 자신들도 학창시절 같은 지적을 받고 살았는데 그때는 아무 말 못 하고 지내왔던 것이 후회된다는 댓글도 있었다. 또 멋있는 학생들, 따라오지 못하는 학교 등 여중생들의 당당한 자기 의사 표출에 긍정적 의견이 대부분이었다. 앞으로 이런 여학생들이 어른이 되면 부당함과 차별에 항거할 것이란 생각에 마음이 든든하다. 나도 그들의 쪽지 시위에 박수를 보낸다는 댓글을 달았다.

다이어트를 시작했다. 먹는 것을 줄이는 일은 참 어렵다. 살아오면서 다이어트를 해야 한다는 말을 입에 달고 살아왔던 것 같다. 실천해보지 않는 다이어트가 없다. 유행하는 다이어트는 다 해봤다. "다이어트 이렇게~" 하자는 책부터 "다이어트 절대 하지 마라"는 책까지 섭렵했다. 그런지 수십 년 아직도 다이어트에 목매고 있다. 며칠 전 만났던 지인의 첫마디가 "너 살이 쪘구나"였다 그렇게 많이 쪘느냐고 물었더니 "그래 좀 빼야겠다. 더 찌면 보기 싫겠어. 남 앞에 서는 사람이 자기 관리가 안 되면 곤란하지" 그 말에 충격을 받아 다시 다이어트 모드로 돌입을 했던 것이다.

그러다가 자기 몸 긍정주의body positivity에 대한 기사를 읽었다. 최근 1~2년 사이 자기 몸 긍정주의body positivity가 패션업계를 통해 새로운 흐름으로 확산되고 있단다. 미의 기준에 맞추지 않고 있는 그대로의 자기 몸을 사랑한다는 트렌드이다. 획일화된 미의 기준에 더 이상 휘둘리지 않고 자아정체성도 흔들리지 않겠다는 바람이 일고 있어 또한 환영할 일이다.

한국여성민우회에서는 2015~2016년 동안 펼쳤던 일주일 동안 '타인의 외모 말하지 않기'에 대한 캠페인을 벌였다. 그 당시 한번 해보자고 시도를 했었는데 일주일은 고사하고 하루를 넘기지 못하고 실패했던 기억이 새롭다.

사실 우리는 친구를 만나거나 오랜만에 지인을 만나면 첫마디가 "예뻐졌네~"라고 말한다. 중년이 된 후로는 "하나도 안 늙었네~"를 기본 멘트로 날리고 그 다음 "옷 멋있다" "살 빠졌네" 등 대부분 신체에 대한 언급으로 말문을 연다. 말하는 사람은 쿠션언어로 하는 말인데도 상대방은 그 말에 기분이 좋아지거나 상처를 받을 수가 있다. 지난 주 살이 졌다는 말에 놀란 나처럼 말이다.

다이어트를 한다고 하면 나이 먹어 왜 살을 빼는 데 집착하느냐고 한다. 그러면 건강 때문이라고 말하지만 사실 예뻐지고 싶은 욕심이 건강보다는 앞서는 게 사실이다. 나이 먹은 나도 이러니 젊은 사람은 오죽할까. 외모에 대한 이야기는 이미 우리 사회에 고질병으로 자리잡아 쉽게 바뀌지는 않을 것 같다. 내 개인 혼자만의 생각으로는 바꿀 수 없기 때문이다.

이 시대 미인은 어떠해야 한다는 메시지가 홍수를 이루고 그에 맞춰 따라하기 바쁘다. 초등학생까지 화장을 하는 사회가 되어버렸으니 기준을 바꾼다는 것이 불가능할지도 모르겠다. 이런 때 자기 몸 긍정주의 확산을 은근히 기대한다. 이것 또한 우리 한 사람 한 사람 의식이 변해야 되겠지만 말이다.

이번 주 오픈강의에는 학생들에게 타인의 외모에 대해 말하지 말기, 일주일을 함께 실천해보자고 말해야겠다. 이번에도 될지 모르겠지만 다시 시도하고 또 시도하다보면 언젠가는 자기 몸 긍정주의자가 되어 있지 않을까.

할머니 미용사의 하루

하루가 즐거우려면 미장원에 가라는 말이 있다. 여자들은 몸단장에, 그 중에서 머리 손질에 특히 신경을 쓴다. 기분전환을 위해 가장 많이 하는 일 중 하나가 머리 모양을 바꾸는 일이라고 보면 충분히 알 수 있는 일이다. 머리 모양을 어떻게 하느냐에 따라 다양한 분위기로 연출이 되고 그 만족감에 나 역시 자주 미용실을 찾는다.

나뿐 아니라 많은 사람들 역시 자주 드나드는 게 미장원이다. 그래 그런지 우리 아파트 주위에도 무려 8군데나 된다. 그런데도 문 닫는 미장원이 없는 걸 보면 사뭇 그들의 매출이 궁금하기도 하다. 하긴 S시에서 미장원을 하는 친구는 10명의 미용사를 두고 있는데 한 달 매출액을 듣고는 미심쩍어했던 기억이 난다. 그렇게 많은 수익을 올릴 수 있다는 것은 상상 외로 많은 손님이 드나든다는 의미고 그 사실이 더욱 놀라웠던 것이다.

지난 주에는 나흘 동안 축제가 열려서 종일 밖에서 일을 봐야 하는 일정이었다. 아침마다 단골 미장원에서 머리 손질을 하고 나갔는데 마지막 날은 공교롭게도 단골 미장원이 쉬는 날이었다. 그날 따라 조카가 오는 바람에 또 시간이 늦어버려서 집에서 가장 가까운 미장원에 들렀는데 가보니 손님으로 많이 붐볐다. 할 수 없이 그냥 나와서 읍내 미장원 몇 군데를 들어갔지만 가는 데마다 파마 손님이 많아서 또 기다려야 하는 상황이었다.

시간은 빠듯하고 고민하다가 변두리에 있는 미장원은 한가하지 않을까 싶은 생각이 들었다. 골목을 돌아 마침내 허름한 미장원 앞에 차를 세우고 긴 발이 드리워진 미장원으로 들어갔는데 웬걸 할머니 미용사다. 아차 싶어 다른 미용실로 가려했지만 반가운 기색으로 맞이하는 모습을 보니 차마 그럴 수가 없었다. 의자라고는 달랑 두 개뿐이고 한쪽에는 미장원에 딸린 작은방과 옆으로 붙은 싱크대가 전부였으니 설명하지 않아도 내부가 어땠을지는 짐작이 갈 것이다.

더욱 놀라운 것은 정말 미용사가 맞는지 의심이 갈 정도로 초라한 모습이었다. 하지만 몇 군데 미용실을 다니고 허탕을 친 뒤라 할 수 없다는 마음으로 자리에 앉았다. 드라이를 하겠다고 했더니 능숙한 솜씨로 머리를 말리기 시작했다. 미용사는 젊고 세련된 사람들이라는 생각으로 살아왔는데 할머니 미용사는 처음이라 호기심이 생겼다. 몇 년이나 하셨느냐고 여쭤보았다. 명랑한 기색으로 지금 이 자리에서만 35년을 했다고 한다. 읍내에 미장원이 30여 군데나 있고 다들 젊고 감각 있는 사람들이 많아 젊은 사람들은 대부분 그곳으로 찾아가지만 걱정은 되지 않는다고 했다.

걱정은커녕 30여 년 찾아오는 단골들과 함께 늙어가는 게 즐겁다고 하는 말이 어찌나 경쾌하게 들리는지 나 역시도 기분이 좋았다. 배운 거라곤 단지 미용기술이어서 어디를 가든 다른 일은 엄두를 내지 못한다며 찾아오는 이들이 있으면 계속할 것이라며 머리에 대한 이러저런 에피소드를 얘기하시는데 의외로 밝은 표정이다.

드라이 소리가 멈추고 거울을 보니 예전 언니들이 했던 그 머리였다. 말 그대로 그냥 일자로 쭉 편 머리였다. 앞머리를 세우겠느냐고 물었지만 우스울 것 같아 괜찮다고 하며 나오는데 좋은 하루가 되라고 격려의 말까지 덧붙였다. 그 말을 들으니 까닭 모르게 명랑한 느낌이다. 요즘 유행하는 정수리에 볼륨을 넣지 않았어도 괜찮다. 젊어보이라고 머리를 앞으로 내려주지 않았어도, 우아하게 흘러내리는 옆머리가 아니라도 기분이 좋았던 것이다.

왜 그랬는지는 아직도 잘 모르겠다. 단지 함께 늙어가는 단골들과 친구처럼 앉아서 이야기를 나누고 있을 모습만 자꾸 떠올랐다. 손님도 미용사도 이미 꼬부랑 할머니가 되었을 텐데 그래도 여자의 본능인 아름다움을 추구하며 거울을 쳐다보고 있을, 초라하고 조그만 시골 미용실의 풍경이 눈물이 날 만큼 아름다운 광경으로 오버랩된 까닭인지도 모르겠다.

늙어서도 자신 있게 자기 일을 하는 열정이 부러워진다. 나이가 들어서 뭔가 일을 하면 부끄럽고 부양해야 될 자식의 체면도 떨어진다고들 하는데 할머니 미용사를 보니 부질없는 생각인지를 알겠다. 언젠가 책에서 읽은 구절도 더불어 생각났다. "아프리카에서는 갓난아이의 죽음보다 노인의 죽음을 더 슬퍼한다. 노인은 많은 경험을 쌓았기 때문에 부족의 나머지 사람들에게 도움을 줄 수 있지만 갓난아이는 세상을 경험해보지 않아서 자기의 죽음조차 의식하지 못하기 때문이다."

만나는 사람마다 머리 스타일이 왜 그러느냐고 물어도 그저 빙그레 웃기만 했다. 내가 봐도 영 어색하지만 늙어도 늙지 않게 사는 미용사를 떠올린 것이다. 유행에 뒤떨어지고 감각에 밀린들 그게 무슨 소용이랴 싶은 생각까지 들었다. 주위를 둘러보면 젊어도 전혀 젊지 않게 사는 무력한 사람이 훨씬 많다. 나이를 의식하지 않는 모습은 경건한 삶의 모본 그대로였다. 나이보다 중요한 문제는 늙어서도 젊을 때와 다름없이 열심히 사는 자세다.

아름다운 그들

아이들이 서울에 있어 가끔씩 올라간다. 지난 주 토요일에도 올라갔다가 딸과 점심을 먹고 헤어져 터미널에 도착했다. 언제부터인지 터미널 양쪽으로 먹거리 가게가 생겼다. 혼자 밥을 먹지 못하는 성격이라 음식 쪽에는 관심이 별로 없는데 차 안에서 목마를 것을 대비해 생수는 하나씩 산다.

터미널 입구의 목 좋은 곳에는 대형 체인점 마트가 하나 있고, 더 외진 곳 화장실 들어가는 쪽으로 일반 가게가 하나 있다. 마트 앞에서는 줄을 서서 물건을 사는데 안쪽 가게에는 사람이 없다. 그게 안타까워 물을 살 때 꼭 안쪽 가게에서 샀다.

오늘 역시나 체인점 마트 앞에는 사람이 많았다. 안쪽 가게에 가서 물을 사고 계산하고 나오려는데 젊은 사장이 나오더니 "안녕하세요?"라고 인사를 했다. 나한테 인사를 하리라고는 생각을 못해서 서 있었더니 또 "안녕하세요?" 한다. 주위를 둘러 봐도 대답하는 사람이 없어 "저한테 인사하시는 거예요?" 했더니 "네" 한다. 그러면서 가끔 오셔서 물을 사갔잖아요 하더니 "감사합니다" 하고 머리 숙여 인사를 했다.

가끔이지만 이 가게를 애용하는 내 마음을 알았을까? 아니면 내가 가게 앞에 머물러 있으면 손님들이 오는 것을 느껴 날 기억했을까? 뭔지 모를 뜨거운 것이 마음을 채웠다.

때때로 아는 가게에 손님이 없어 사장과 이야기라도 하려고 들어가면 손님이 계속 와서 이야기를 못하고 나온 경험이 많다. 시장에 갔다가도 노점상에서 아이들 머리핀이나 목걸이 이런 것들을 사려고 구경하면 얼마 되지 않아 주위로 사람들이 들어찼다. 그 때문인지 몰라도 가끔 주인아저씨한테 선물을 받아온 적도 있고, 물건을 사러갔다가 사람들에게 밀려 맨 나중에 계산한 적도 있다. 그럴 때는 꼭 더 깎아주거나 덤을 주기도 했던 경험이 많아 이제 그러려니 한다.

다니던 직장을 그만두고 잠시 쉰 적이 있다. 그래서 나도 장사를 해보고 싶다고 했더니 나 같은 사람이 가게를 내면 망한다고 했다. 남을 도와주는 사주라서 사람들을 도와주지만 정작 내 자신은 아니라는 것이다. 그 말을 듣고 생각을 접었다. 이야기가 잠시 가지를 쳤는데 그 젊은 사장은 꼭 성공할 것 같다. 자주 가는 것도 아니고 어쩌다 가끔 가는 손님을 여성의 섬세함으로 기억하고 인사를 건네는데 어찌 또 찾아가지 않겠는가?

최근 가장 큰 이슈는 청년일자리다. 정부에서 몇 년째 청년일자리에 대한 고민을 하고 있지만 쉽게 풀리지 않는다. 오랜만에 큰아이

초등학교 때 자모회 회원이었던 분을 만나 근황을 물었다. 과수원을 하시는 분인데 아들이 둘이 있다. 아이들 이야기가 나와서 어떻게 지내는지 궁금하다 했더니 농사를 짓는다고 했다. 농사는 쳐다보지도 않더니 지금 두 아들이 모두 내려와서 농사일을 한단다. 대학졸업 후 중소기업에 취업을 했는데 그만두고 내려와 과수원에 두 아들이 매달려 있는 것이 남부끄러웠는데 지금은 대견하다고 했다. 평생을 사과 농사를 지었는데 가격이 떨어져도 당신은 계속 사과 한 가지만 고집했단다. 사과가 전부인 줄 알았고 분신 같은 사과나무를 어찌할 생각은 못했다고 한다. 그런데 두 아들이 와서 농사를 지어보더니 과감하게 사과나무를 뽑아내고 새로운 과실수를 심고 있다면서 역시 젊으니까 뭐가 달라도 다르다며 웃었다.

예전에는 도시로 나가 대기업을 다녀야 성공한 사람이라고들 생각했다. 하지만 시대가 변하니 많은 분야에서 과수원집 아들과 같은 청년들이 생겨나고 있다. 시대의 흐름에 밀려 어쩔 수 없는 선택이었다고 해도 그 자리에서 최선을 다해 노력하는 청년들이 아름답다. 스스로의 선택을 믿고 앞으로 나가라고 격려하고 싶다. 우리나라의 미래가 바로 자신들임을 자랑스럽게 생각했으면 좋겠다.

여자만 남은 세상

올해 장마는 예년과 다르게 집중호우로 물폭탄을 맞은 지역이 있어서 걱정이 된다. 앞으로도 장마가 오래 갈 것이라는 뉴스를 접했다. 코로나를 극복하기 위해 전력질주해서 달려왔는데 또다시 넘어야 할 산을 만난 것 같아 마음이 무겁다.

요즘은 저녁 모임이 거의 없다. 모임이 줄어드니 집에 머무는 시간에 책을 읽는다. 그런데 세상이 하수상하니 이런 소소한 일상도 누리지 못할까 불안하다.

초등학교 시절 만화 『들장미 소녀 캔디』 이후로 만화를 집중해서 읽기는 참으로 오랜만이었다. 주간지를 읽다가 거기에 소개된 책이 관심을 끌었다. 인터넷서점에서 주문해 어젯밤 읽은 책은 『우먼월드 : 여자만 남은 세상』이다.

아민더 달리왈의 만화책이다. 옴니버스 구성으로 되어 있고 다양한 에피소드로 엮어 있다. 작가의 인스타그램에 연재된 그래픽노블이라고 한다. '그래픽노블'은 문학작품처럼 깊이 있고 예술성이 넘치는 작가주의 만화를 일컫는 말이란다. 그래서 그런지 가볍지 않고 묵직한 메시지를 전달받은 기분이다. 이 만화가 연재됐을 때 20, 30대 여성들의 폭발적 반응을 불러일으켰다고 한다. 읽고 나니, 그녀들이 왜 작가의 인스타그램 앞으로 모여들었는지 알 것 같다.

이 책의 줄거리는 샤마 박사라는 사람의 연구로부터 시작된다. 남자들은 일찍 죽고 태어나는 신생아는 여자 아기들뿐이다. 지구인들은 남자가 점점 사라진다는 사실에 신경쓸 여력이 없이 자연재해가 덮쳐 문명세계는 산산이 부서졌다. 온 세계가 폭동이 일어나고 주식시장이 붕괴하고 전쟁이 터졌다. 샤마 박사는 남자들이 왜 줄어드는지 연구를 끝내지 못하고 죽었다. 이유도 모른 채 남자는 멸종되었다. 그리하여 남자는 다 사라지고 여자만 남는 세상이 된다.

남자들이 존재했던 세계를 유일하게 기억하는 할머니와 여자들만 남은 이후 태어난 손녀의 대화가 등장한다. 이전 세계의 문명을 전혀 모르는 손녀는 할머니를 통해 남자의 생김새부터 문명세계의 이것저것을 질문과 답으로 풀어내는데 유쾌하고 재치있다. 만화는 무겁지 않고 유머가 있어 계속 입가에 미소를 짓게 만들었다.

여성들만으로 세상을 이끌어가며 원시문명 속에서 살아간다. 여성들은 사랑을 하고, 시장을 뽑고 그 시장은 옆마을 시장과 협력하며 연대한다. 상하관계, 권력, 자원도 독점하려고 하지 않고 공동체를 형성하며 살아간다. 여성들은 옛날 잡지에서 발견한 미백 화장품 광고 속 화려한 여성 모델을 보고 무시무시해 보인다며 이해를 하지 못한다. 우연히 발견된 하이힐이 어떤 역할을 했는지 알아내지 못하고 작은 구멍을 내는 데 쓰는 건설 작업용 기기로 추측한다. 현재 우리들이 누리는 문명의 혜택을 모르고 살지만, 그러면서도 공동체를 형성하고 서로 싸우는 일 없이 평화롭게 살아간다.

작가는 문명이 고도로 발달하지 않아도 행복하게 살 수 있다고 주장한다. 또한 인종을 뛰어넘어 편견 없이 살아가고 할머니와 손녀의 대화를 통해 아이가 성장해가는 것을 보여줌으로써 우리에게 평화의 메시지를 전달하고 있다.

코로나사태로 그 어느 때보다 세계 여러 나라의 감염 관련 소식에 신경을 곤두세운다, 마스크 하나로도 세계 각국의 미묘한 문화 차이를 볼 수 있다. 그러니 그 이상은 미루어 짐작함이다. 작가는 이 책을 통해서 세상 사람들의 본래 모습은 이렇게 서로 편견 없이 사랑하며 살아간다고 전하는 것은 아닐까? 라는 생각을 해봤다.

얼마 전 서울시장 죽음의 원인이 많은 사람들에게 충격적이었다. 그러기에 여성만 사는 세상의 평화로움을 담은 이 책이 눈길을 끌었던 것 같다. 이 책과 같은 상상의 세계는 오지 않을 것이다. 그럼에도 불구하고 책을 읽고 난 후 설정이 억지스럽다는 생각보다는 내가 너무나 당연하다고 생각했던 것들을 다시 돌아보게 하는 계기가 되기도 했다. 읽는 내내 작가의 독특한 발상에 놀랐다. 이번 휴가에 이 책을 가지고 가서 다시 한번 읽어봐야겠다.

아이가 타고 있어요

5월의 하늘이 싱그럽다. 싱그러운 바람에 갓 피기 시작한 아카시아 향기가 묻어난다. 모란꽃 역시 한창 예쁜 시기는 지났으나 얄팍한 꽃잎이 연연하게 곱다. 속상한 일이 있어 무작정 차를 몰고 나왔는데 5월의 하늘과 아카시아 향기가 마음속까지 시원하게 한다. 어수선했던 마음이 그 새 가라앉는다.

잠시 풍경에 정신이 팔려 천천히 갔더니 뒤에서 오던 차가 급하게 추월한다. 차 뒤 유리창에 '아이가 타고 있어요'라는 문구가 보였다. 아이를 태우고 가는 사람이 어떻게 저런 식으로 운전을 하는가? 라고 생각하다가 문득 친구가 생각났다. 얼마 전 차를 샀는데 '초보운전' 대신 '아이가 타고 있어요'란 문구를 뒤에 붙이고 나타났다.

의아해하는 나에게 요즈음은 초보운전이라고 붙이면 무시하기 때문에 그런 문구를 붙였다고 했다. 우리처럼 나이 많은 사람에게 아이가 타고 있다고 하면 누가 수긍을 하겠느냐고 했더니 요즘은 할머니들이 육아를 담당하기 때문에 충분히 이해할 것이라 하면서 웃었다. 일리 있는 말이다. 나부터도 아이가 타고 있다고 하면 서툴게 운전을 하더라도 아이가 있어서 그런가보다며 천천히 따라가거나 이해하고 넘어가게 된다.

내가 운전을 처음 시작하던 30년 전에는 재미있는 문구를 많이 붙이고 다녔다. 노란 병아리를 그려서 다니기도 하고 '저도 답답해서 죽겠어요'라는 애교 있는 문구를 붙여 웃기도 하고 양보하고 배려하는 게 미덕이었다. 그런데 사람들의 배려심이 점점 줄어들고 있는 것 같다. 초보운전자에게 배려하는 마음이 줄고 도리어 위협적으로 다가간다고 하니 참 무서운 세상이다. 그들 자신도 필경은 어색하고 서투른 초보운전 출신이었다. 그것을 생각하면 처음 운전을 시작할 때의 자기 모습이 생각나 미소를 짓게 될 텐데 그리 야박하게 굴다니 누군들 초보운전 티를 내고 싶겠는가? 오죽하면 '초보운전' 대신 '아이가 타고 있어요'를 붙이겠는가 싶어 씁쓸한 마음이다.

얼마 전 신학기 학교급식 점검을 위해 교육청 장학사와 초등학교로 점검을 나간 적이 있다. 그 중 한 학교에서 발령받은 지 사흘째라는 영양사를 만났다. 어찌나 싹싹하고 친절한지 볼수록 예뻤다. 요즘처럼 취업하기 힘든 때에 당당히 시험 봐서 취업한 것도 장했지만 점검을 하는 동안은 물론 끝나서 나올 때도 현관 밖까지 따라나와 좋은 하루 되라고 인사를 하는데 웃는 모습이 그냥 한 떨기 꽃이었다.

집으로 돌아오면서도 유쾌한 기분이었다. 유달리 싹싹하고 예쁜 그 영양사에게 지금처럼 처음 마음을 잊지 말라고 당부를 하고 왔는데 누구든 처음 마음을 잊지 않고 살면 얼마나 좋을까? 살아가면서 타성에 젖을 때 초심으로 돌아가자는 말들을 많이 한다. 그런데 초심으로 돌아간다는 것이 얼마나 어려운지 우리는 알고 있다. 무슨 일이든 처음 시작할 때처럼 경건한 자세를 견지한다면 진짜 연륜이 쌓이고 이력이 난 사람이다. 어설픈 경륜을 내세우고 잰 체하는 건 그 이력이 짧다는 것을 드러낼 테니 참으로 조심스러운 부분이다.

누구를 막론하고 나이와 상관없이 초보로 살아가는 것 같다. 새로운 일을 시작해도 초보이고 첫 손주를 봐도 초보 할머니요, 며느리를 봐도 초보 시어머니다. 처음 노인복지관을 가도 초보 노인인 셈이니 평생을 살아가면서 초보 딱지를 떼지 못할 것 같다. 그렇게 어떤 경우든 초보가 될 테니 이제 막 초보에 입문하는 누군가에게도 너그럽고 관대하게 굴어야 되지 않을까. 바로 그 처음을 시작하는 모습을 보고 미소를 짓는 순간 훨씬 격조 높은 삶을 우리는 살게 될 테니까.

여름은 늦고 가을은 이른

가끔은 어디론가 훌쩍 떠나고픈 생각이 들 때가 있다. 요 며칠 내 기분이 그랬다. 그래서 여행을 다녀왔다. 남도의 7월은 온통 푸른 빛이었다. 가뭄에도 잘 자란 벼들은 진초록 빛을 띠며 흙냄새를 풍기고 있고, 담쟁이덩굴은 돌담을 온통 푸른 벽으로 만들고 있었다. 여기저기 밭에서 감자 수확이 한창이다.

며칠 전 아는 분에게 감자를 부탁했는데 올해는 가뭄으로 감자알이 굵지 않다고 한다. 말라가는 감자밭이 안타까워 아침저녁으로 물을 줬지만 자연적으로 내리는 비로 키우는 것과는 비교할 수가 없다고 했다. 전국적으로 가뭄이 심했으니 그분들도 감자 수확하는 재미가 덜할 것이라는 생각이 들었다. 그건 어쩌면 요 며칠 우울한 내 탓일 수도 있겠다. 뙤약볕을 다 받고 가뭄 속에서도 품속에 알을 품고 키운 감자밭을 그분들은 감사한 마음으로 바라보고 있을지 모르는데 내 기분 탓에 재미 운운했다.

앉았다 일어서면 무릎에 통증이 심해 병원에 갔더니 정밀검사를 받아봐야 한단다. MRI를 찍어야 한다고 했는데 폐쇄공포증 때문에 못 찍는다 했더니 의사 선생님이 한참 쳐다보더니 2주간 먹을 약을 주었다. 그러면서 약을 먹은 후에도 차도가 없으면 MRI를 찍을 각오하고 다시 내원하라고 했다. 약은 다 먹어가는데 여전히 차도가 없어 우울하다. 아무리 생각해도 벌써 다리가 아파 병원에 다닐 나이는 아닌데 그 동안 내 몸 돌보지 않고 뭘 했나 싶은 생각이 들어 쓸쓸하기도 하다.

오래 전에 문학회 지인들과 여행을 갔었다. 휴게소 화장실에 갔다가 화장실이 비었는데도 안 들어가는 나를 보고 왜 들어가지 않느냐고 물었다. 많은 사람들이 앉는 좌변기는 싫어서 화변기로 가려고 한다고 했다. 내 말은 들은 그분이 아직 젊어서 뭘 모른다며 자기는 무릎 수술을 해서 좌변기 아니면 앉았다가 일어날 수가 없다면서 나이 먹어봐라 하셨다. 또 다른 분은 자기는 무릎이 안 좋아 뛰는 것은 물론 걷는 것도 힘들 때 우울증이 와서 극복하느라고 힘들었다고 했다. 그런데 지금 내가 그분들을 100% 공감한다. 역지사지라고 했던가. 이제야 그분들과의 대화가 퍼뜩 떠오르면서 그 기분을 알겠다. 젊음은 영원하지 않고 인간의 가장 큰 선물인 걷는다는 것이 내 마음대로 되지 않을 때 느끼는 이 허무함은 무엇으로 설명할 수가 있을까?

이즈음 이채 시인의 「6월에 꿈꾸는 사랑」이라는 시가 내 마음을 울렸다.

"사는 일이 너무 바빠/ 봄이 간 후에야 봄이 온 줄 알았네/ 청춘도

이와 같아/ 꽃만 꽃이 아니고/ 나 또한 꽃이었음을/ 젊음이 지난 후에야 젊음인 줄 알았네/ 인생이 길다 한들/ 천년만년 살 것이며/ 인생이 짧다 한들/ 가는 세월 어찌 막으리/ 봄은 늦고 여름은 이른/ 6월 같은 사람들아/ 피고 지는 이치가 / 어디 꽃뿐이라 할까"

그런데 지금 나는 봄은 이미 가고 여름은 늦고 가을은 이른 삶을 살고 있다는 생각이 들었다. 사는 게 바빠서 미처 내 몸 망가진 것도 모르고 살았다. 청춘은 영원할 줄 알았으며 내게만은 세월이 친절할 줄 알았다. 그렇게 앞만 보고 달려왔는데 덜컥 이상이 생기니 너무 허무하다고 아우성이다. 피고 지는 꽃처럼 언젠가는 질 것이라는 불변의 법칙 앞에 힘없이 무너진다.

옆에서 지켜보던 남편이 앞으로는 점점 몸 아플 일이 많을 것인데 벌써 상심하고 세상 다 사는 사람처럼 그러면 어찌하냐고 한다. 그럴 것이다. 그런데 통과의례라 생각한다. "이제 당신은 뛰지도 그리고 산에 오르지도 못하는 몸이다"라는 세월의 선고 앞에 어찌 태연자약할 수 있겠는가? 점점 노쇠해져만 갈 것이라는 인정을 하려면 이 정도의 통과의례는 치러야 하지 않겠는가? 어찌되었든 세월 앞에 너무나 힘없이 무너지는 나약함이 슬프기만 하다.

그녀들의 연대

요즘 젊은이들 사이에서 MBTI 성격검사가 유행이라고 한다. 우리 세대는 상대방이 궁금하면 혈액형이 뭐냐고 물었는데 요즘 젊은이들은 MBTI 유형이 뭐냐고 묻는단다. 나도 '인간행동과 사회환경'이라는 과목을 강의하면서 칼 융karl Jung이 나오는 부분에서 학생들과 함께 테스트를 해본 적이 있다. 나는 INFJ형이다.

"자기 안의 갈등이 많고 복잡하다. 타인에게 상처를 받거나 거부당하는 것에 민감하다. 조직과 인류의 이익 및 화합을 추구하는 이타적인 성격이다. 외로움을 잘 타고 고독을 즐긴다. 흔치 않는 유형으로 전 세계 인구의 1%도 안 되는 가장 알 수 없으며 설명하기 힘든 유형이다" 등의 말로 INFJ형을 설명한다. 전문가들은 이 성격검사가 학문적 기반이 미흡하다는 말을 하고 있다. 그러니 100% 맞는다고는 할 수 없지만 상대방을 파악하고 서로 맞춰가는 것에 쓰인다면 꼭 쓸모없다고 치부하지 않아도 좋을 것 같다.

감정적으로 힘든 며칠을 보냈다. 가을이라는 계절이 주는 센티멘

털 때문이기도 했지만 모든 것이 부질없다는 생각을 하며 침잠하는 시간들이었다. 내 성향 때문인지 자주 동굴 안에 들어가지만 이번에는 그 시간들이 길었다. 최선을 다해서 맡은 바 책임을 다하려고 하는데 옆에서 자꾸 태클을 걸면 바람 빠진 풍선처럼 재미가 없어지는 것이 사실이다.

그런데 영화 〈내가 죽던 날〉을 보고 내 동굴에서 나올 수 있었다. 최근 여성의 연대를 주제로 한 영화가 몇 편 상영되었다. 그 중 〈밤쉘〉를 보았고 〈미스비헤이비어〉를 보았으며, 〈삼진그룹 영어토익반〉을 보았다. 그리고 오늘 〈내가 죽던 날〉을 보면서 또 다른 감동을 받았다.

〈내가 죽던 날〉 첫 번째 주인공 소녀는 비리를 저지른 아버지의 중요한 증인이다. 더 나올 것이 있을 것을 기대한 검찰이 소녀를 섬으로 보낸다. 그 소녀는 유서 한 장만 남기고 절벽 끝으로 사라진다. 두 번째 주인공 형사 현수는 이 소녀를 추적한다. 이 형사 또한 남편이 바람을 피워 평범한 일상이 무너지고 상처와 고통, 절망의 순간을 빠져 나오고자 사건을 맡는다. 세 번째 주인공 순천댁은 전신마비 딸을 돌보다 그 고통에 자살을 한 동생 사건에 충격을 받아 농약을 마시고 후유증으로 말을 못하게 되어버렸다. 그리고 전신마비 조카를 입양해 돌보고 있다.

3명의 주인공 모두 자신들과 관계된 일이 일어나고 있을 때 본인들은 모르고 있었다는 것이 잘못이라고 생각한다. 결론적으로 육체는 죽지 않았으나 믿음이 없어지면서 정신적으로는 죽었다고 생각한다. 섬에서는 CCTV를 설치해 소녀를 감시했을 뿐 누구도 그녀를 보살펴주지는 않았다. 그 외로운 섬에서 소녀가 느낀 절망이 고스란히 전달되어 가슴을 답답하게 만들었다.

형사 현수는 섬에 들어와 시체가 발견되지 않는 소녀를 '실종사망'으로 보고서를 쓰기 위해 사람들을 만난다. 영화는 소녀의 상황을 접하고 보고서를 쓰기 위해 증거를 찾는 것이 아니라 사람들을 찾아다니며 소녀가 겪었을 고통과 외로움을 우리에게 전해준다.

순천댁이 '인생은 네 생각보다 길어' 하면서 안주하려는 소녀에게 현명한 선택을 하게 한다. 순천댁과 소녀 사이의 감추어진 진실, 3명의 여성이 어떻게 연대하고 각각의 상처에서 벗어나는지 보여주며 감동을 주었다. 현수가 외국의 한 바닷가에서 소녀와 아름다운 석양을 바라보며 여행의 해답을 찾았다는 말과 함께 영화는 끝난다.

최근 들어 〈벌새〉〈69세〉〈삼진그룹 영어토익반〉〈내가 죽던 날〉 등 여성감독의 작품들이 많이 나오고 있다. 여성의 눈으로 보는 세상, 여성의 차별, 여성의 연대를 섬세하게 그려내고 있어 많은 여운을 남긴다. 당분간은 여성감독의 작품을 계속 보게 될 것 같다.

시절인연

“만날 인연이 있는 사람은 지하철에서 지나쳐도 거리에서 다시 만날 수 있지만 헤어져야 할 인연인 사람은 길목을 지키고 서 있어도 엇갈릴 수밖에 없다.”

최근 여자 친구와 헤어진 회사 직원의 카카오톡 상태 메시지에 올라와 있는 글이다. 이 글을 읽으면서 젊은 시절 연애하면서 많은 이들이 한번쯤 느꼈던 감정이라 공감하며 웃었다. ‘시절인연時節因緣’이라는 말이 있다. 모든 인연에는 오고가는 시기가 있다. 굳이 애쓰지 않아도 만나게 될 인연은 만나게 되고 무진장 애를 써도 만나지 못할 인연은 만나지 못한다는 것이다.

살아가면서 우리는 잊지 못할 인연을 종종 만난다. 스쳐지나가듯 만났어도 자신의 삶에 큰 영향을 주는 사람들이 있다. 어제 만났던 지인은 20여 년 전 서울에서 내려오는 버스 안에서 한 노신사를 만났다 한다. 그분은 해뜨기 전에 일어나 해를 맞이하며 평생을 살았다는 애기를 했는데 그 애기에 감동받아 한번 해보겠다고 마음먹었단다. 그리고 그 만남 이후 지금까지 해뜨기 전에 일어나 하루를 준비하고 해가 뜨는 것을 바라보고 산다고 했다. 아침 일찍 일어나 하루를 계획하고 맞이하는 것이 얼마나 좋은가에 대해 구구절절 늘어놓았다. 평생 단 한번 1시간여를 만났던 사람인데 그 사람과의 대화에서 생활방식을 바꾸었던 것이다.

큰아이는 독일에서 만난 송은실 목사님에 대한 이야기를 가끔 한다. 그 당시 선배가 맡겨놓은 짐을 찾으러 갔다가 만나게 되었다고 했다. 내가 불교 신자라 아이도 자연스럽게 따라 믿게 되었다. 출국하기 전에 염주와 다라니경을 주면서 힘든 일이 있으면 의지하라고 보냈다. 그런 터라 목사님이 일요일마다 교회에 나오라는 얘기를 받아들이지 못했다고 한다. 불교 신자라고 얘기했더니 "사랑하는 마음이 있으면 어느 종교든지, 어떤 신을 믿든 결국은 서로를 사랑하라는 것"이라고 얘기하면서 불편함을 덜어줬다고 했다.

그 목사님은 교회에 나가지 않는 아이를 일요일이면 사람을 보내 같이 밥을 먹기를 청했다고 한다. 또 한국에서 뭘 좋아했느냐 묻고 그 다음 주에 말없이 음식을 만들어줘서 감동을 받았단다. 그것뿐 아니라 항상 유학생들에게 "너희들이 희망이다. 나는 그렇게 살지 못하여서 후회하고 있지만 너희들은 옳은 것은 옳다라고 말할 수 있고, 아닌 것은 아니다라고 말할 수 있는 그런 사람이 되라"고 말하며 "자기 것만 챙기려 하지 말고 조금씩은 남을 돌아보며 살아갈 수 있는 그런 사람이 되어주었으면 좋겠다"고 말했단다. 아이가 독일에 있는 일 년 동안 병원에도 같이 가주고 통역이 필요할 땐 통역사도 되어줘 덕분에 잘 있다 왔노라고 했다. 한국에 들어오는 날에도 목사님 집에서 아침밥을 먹었고, 헤어지며 많이 울었다면서 아이는 그 목사님 덕분에 앞으로 어떤 것이든 편견을 가지고 대하는 일은 없을 것 같다는 말을 했다.

종교를 초월해서 목사님처럼 자기를 필요로 하는 사람에게는 도움을 주겠다고 하면서 그 목사님 얘기를 지금도 가끔 한다. 짧은 1년이었지만 그곳에 가서 좋은 인연을 맺고 온 큰 아이의 시절인연이리라.

변덕스럽지 않고 한결같은 인품의 향을 가진 인연을 만났으니 우리 아이도 평생 그 향기 속에 살지 않을까 싶다. 수레바퀴의 삶속에서 언젠가는 우리 아이도 또 다른 누구에게 좋은 인연이 되어주기를 기원한다.

달빛 초상화 : 자아를 성찰하다

달빛이 곱다. 사진으로 찍어 밴드에 올렸더니 친구가 '예술작품'이라는 찬사를 보냈다. 기분이 좋아져서 좀 전에 언짢은 마음이 한결 가라앉는다. 그 친구가 자주 쓰는 단어는 "좋다. 사랑스럽다. 대단하다. 기쁘다" 이런 단어이다. 그래서 그녀와의 대화는 늘 즐겁다. 오늘도 '우리 동네 뜬 달'이라고 올렸더니 너무 잘 찍었다고, 예술작품이라고 긴 칭찬의 글이 올라왔다.

늦은 저녁, 집으로 돌아가는 길이었다. 자꾸만 뾰족하게 치미는 마음을 가족들에게 들키기 싫어서 읍사무소 벤치에 걸터앉았다. 긴 숨을 뱉으면서 올려다본 하늘의 달빛이 너무 고왔다. 혼자 보기 아까워 밴드에 올렸는데 친구의 그 한마디가 뭐라고 입가에 미소가 지어진다. 덕분에 심란하던 기분이 가라앉으면서 마음속을 들여다볼 수 있는 여유가 생겼다. 도대체 뭐가 그렇게 마음을 후비나 생각하니 바로 그 일이었다.

오늘 낮에 모임이 있었다. 평소 친하다 생각했던 지인이 내게 무은 과목을 강의하느냐고 물었다. 지역사회복지론과 사회복지실천론이라고 대답하자 첫 마디가 "그 과목 아무것도 아니네. 쉬운 과목이네" 하는데 순간 그 말이 몹시 거슬렸다. 그런데 내가 더 기분이 언짢은 것은 그렇게 말하는 그분에게 아무 말도 못했다는 것이다. 나는 결코 수긍하는 것이 아니었는데 그녀는 그것을 수긍으로 받아들였을 것이라고 생각하니 더 속이 상했다.

나는 작은 일도 결코 소홀히하지 않는다는 신조로 살았다고 자부한다. 하물며 학생들에게 지식을 전달하는 일이야 말해 무엇할까. 3시간 강의를 위하여 일주일 내내 자료를 준비하고 그 자료를 좀 더 옹골지게 전달하기 위하여 밤잠을 줄여가며 공부를 한다. 그래도 뭔가 부족한 듯하여 늘 조마조마한 마음으로 강단에 서는데 해보지도 못한 사람이 그렇게 쉽게 말하니 무시당한 느낌에 많이 서운했다.

그분도 친하다고 생각하고 편하게 했을 말인데 나는 또 친하다고 생각하는 사람이 그런 말을 하니 상처를 받았나보다. 친하지 않은 사람이 그런 말을 했으면 발끈해서 따졌을 것이고 그리고 마음에서 털어버렸을 것이다. 그런데 나랑 가깝다고 생각한 사람이 그런 말을 하니 더 섭섭해서 가슴에 콕 박혔나보다.

그렇게 불편한 마음을 따라 죽 거슬러올라가니 내가 아직도 못난 생각에서 벗어나지 못하고 있구나 싶어서 다시 속이 상한다. 맡은 일 열심히 하고 내가 만족하면 됐지 그것을 남에게 인정받으려 했었나 하는 반성도 든다. 평소 내 단점을 극복해보려고 노력을 많이 했는데 아직도 다른 사람의 눈치를 보고 다른 사람의 인정과 사랑을 받고 싶은 욕구가 내 안에 강하게 남아 있었나보다.

몇 년 전 혜민 스님의 책 『멈추면 비로소 보이는 것들』을 읽으면서 깊이 공감했었다. 모든 사람이 나를 사랑해줘야 한다는 생각, 모든 사람에게 인정을 받고 싶은 생각으로 쉽게 상처를 받을 즈음이었다. 다른 사람이 나를 어떻게 생각하나 관심이 많았고 좋은 사람임을 확인받고 싶고 나를 좋아하지 않는 몇 명 때문에 소외감에 빠지고 그럴 때였다. 혜민 스님의 책은 그 동안 읽었던 자기계발서 중에서 내게 딱 맞는 마음의 치유서였다. 그 이후 폭넓은 자기 성장이 있었다고 생각했는데 오늘 그 한마디에 아직도 상처를 받는 내가 많이 부족하다는 생각이 든다.

한때는 '눈에는 눈, 이에는 이'라는 식으로 상대방이 강하게 나올 때 나 또한 강하게 나가야 손해를 보지 않는다고 생각했다. 하지만 그것은, 나약한 내가 겉으로나마 강해 보이려는 행동이었으며 강한 단어를 쓸 때마다 속으로는 더 불안했다는 사실을 깨달았다. 시간의 강을 건너오면서 마땅치 않을 때도 수용하는 사람, 너그러운 사람이 되자고 다짐했다. 감정대로 말하는 것을 절제하다보니 웬만치 부드러워졌다고 생각했지만 오늘처럼 혼자 고민하는 일이 많아졌다.

아직도 내가 원하는 자아상으로는 완벽하게 되지 않았음을 인정한다. 하긴 완벽한 사람이 어디 있겠는가? 노력하고 또 노력하며 사는 거지. 읍사무소 벤치에 앉아 "그래 잘했어, 강희진! 그 동안 섭섭하다고, 화난다고 다 표현하고 살아왔으니 나머지 삶은 좀 더 이해하고 수용하고 인정하며 살아간다면 이렇게 벤치에 앉아 한숨쉴 날이 줄어들 거야" 하면서 나를 다독였다.

집으로 돌아가려고 일어서는데 중년 부부가 운동을 하고 있다. 달빛 아래 도란도란 얘기를 나누며 걷는 다정한 모습이 한 장의 예술사진처럼 정겹다.

책 읽어주는 여자

〈책 읽어주는 여자〉라는 영화가 있었다. 1994년에 개봉한 영화이니 꽤 오래 전 영화이다. 독특한 소재로 그 당시 많은 화제를 모았고 아직까지도 기억하고 있다. 책 읽기를 좋아하는 여자 주인공이 하반신마비의 어린 소년, 괴팍한 장군의 부인, 외로움에 절어 사는 중년사업가, 퇴임한 판사 집에 찾아가 책을 읽어주는 영화였다. 인간의 고독과 내재된 욕망을 표현하는 영화의 줄거리나 영화가 우리에게 주려는 메시지를 이야기하려고 하는 것은 아니다.

영화를 볼 당시만 해도 책은 내가 스스로 읽는 것이지 누가 읽어주는 것이 아니다 라는 생각을 가지고 있었다. 시각장애인이나 몸이 아픈 사람 등 특수한 사람이라면 모를까 보통의 우리는 당연 눈으로 읽어야 제대로 그 내용을 파악할 것이란 생각을 했다. 그래서 영화 속의 일로만 여겼다. 그런데 요즘 나는 매일 밤 책 읽어주는 여자, 책 읽어주는 남자의 목소리를 들으면서 잠에 빠져든다.

불면증이 뭔지를 모르고 살았다. 그래서 눕기만 하면 새근새근 잘

잔다고 남편이 부러워했었다. 그런데 언제부터인지 밤이 오는 것이 두려웠다. 불면증에 좋다는 처방을 다 해보아도 쉬 잠들지 않았다. 유튜브 동영상에서 잠잘 때 듣는 음악을 몇 시간씩 들어도 말똥말똥 새벽을 맞고는 했다. 그러다 발견한 것이 책 읽어주는 여자, 책 읽어주는 남자라고 올라오는 영상이었다. 잠 안 오는 밤, 듣고 있으면 나도 모르게 잠이 들고는 한다. 마치 오랜만에 만난 친구들과 밤새 수다를 떨고 놀다가 누가 먼저랄 것도 없이 이야기를 듣는 도중 스르르 잠들었을 때의 기억, 밤새 책을 읽다가 엎드려 잠들고 아침을 맞이하고는 했던 중고등학생 때 느꼈던 그 감성이 되살아났다.

기억도 가물가물한 한국 단편소설부터 최근에 읽었던 책과 또 읽고 싶었는데 그냥 지나쳤던 책들을 매일 밤 듣고 있다. 처음에는 잠을 자기 위해 들었는데 지금은 그 자체를 즐긴다. 지난 보름에 유리창으로 들어오는 달빛을 받으며 이효석의 「메밀꽃 필 무렵」을 듣는데 마치 내가 허생원이 된 듯하고 동이가 된 듯 설레 책 듣기를 끝내고도 오랜 시간 달빛을 바라보며 앉아 있었다. 또 프랑수아즈 사강의 「슬픔이여 안녕」을 들을 때는 나도 17살의 주인공 세실이 되어 그 책을 읽었던 중학생 시절로 돌아가 며칠을 분위기에 취해 지내기도 했다.

책 읽어주는 것을 들으면 좋은 점이 있다. 읽어주는 사람이 책 내용에 따라 감정을 잔뜩 불어넣어 한껏 고조된 목소리로, 때로는 쓸쓸함의 극치를 보여주는 목소리로 읽어내려간다. 눈을 감고 듣고 있으면 내가 직접 읽었을 때 놓치기 쉬운 세심한 면까지 그려지게 된다. 인터넷의 발달로 e북이 유행해도 책은 배 깔고 엎드려 보는 것이 최고라고 생각하며 종이책을 고집했는데 읽어주는 책을 좋아하게 될 줄은 몰랐다. 새로운 경험이며 기분 좋은 일이고 불 끄고 누워 유튜브 동영상을 듣는 재미에 빠져 잠자는 것이 두렵지 않게 되었다.

그러다 한가지 생각을 했다. 나이에 비해 목소리가 젊다는 말을 가끔 듣기도 하고 발음이 정확해서 전달을 잘한다는 말을 듣기도 한다. 그 장점을 살려 앞으로 하고 싶은 일이 하나 생겼다. 나도 누군가를 위해 책을 읽어주고 싶다는 생각이다. 아직은 일이 좋아서 정신없이 뛰어다니는데 시간적 여유가 생기면 책 읽어주는 봉사를 하는 것도 재미있을 것이란 생각이 들었다. 양로원이나 요양원 등을 찾아가 책을 좋아했으나 책을 읽을 상황이 아니어서 읽지 못하는 사람들을 위하여 책을 읽어주는 그런 봉사를 하고 싶다. 삶의 의욕이 꺾인 그들도 지금의 나처럼 추억을 소환하고 즐거움을 맛보며 내일을 기다릴지도 모르는 일이니 말이다.

오늘밤에도 나는 어김없이 감미롭게 책을 읽어주는 그 여자의 목소리에 푹 빠질 것이다.

프리지아 한 다발

프리지아 한 다발을 받았다. 사무실에 꽂아두었더니 활짝 피어 향기롭다. 내가 가장 좋아하는 꽃인데 마치 처음 보는 양 꽃망울을 터트리는 것을 지켜보고 있다. 프리지아를 선물한 커피숍 사장님의 마음이 더해져 한동안 행복할 것 같다.

사무실에서 집으로 오는 길목 모퉁이를 돌면 커피숍이 하나 있다. 내가 자주 가는 커피집은 따로 있어서 그곳에 갈 일은 없었지만 시원한 인테리어가 눈에 띄는 집이다. 큰아이가 사무실에 놀러와서 커피가 마시고 싶다는 말에 처음으로 들어갔다. 요즘 불면증에 시달려 오후에는 카페인 섭취를 피하고 있어 큰아이만 연한 커피를 테이크아웃으로 주문했다. 그랬는데 두 잔을 주면서 하는 말이 어차피 내린 분량이라며 엄마랑 같이 마시라고 캐리어에 넣어주었다. 그 마음이 예뻐 고맙다고 들고 나왔다.

그날 여사장님의 마음을 본 후 그 커피숍 단골이 되었다. 손님이 그닥 많지 않아 한가하더니 요즈음 점심시간에 가면 자리가 없어 기다리고는 한다. 어쩌면 나처럼 그 사장님의 마음을 보고 오는 손님이 대부분이지 않을까 싶다.

요즘 커피숍에 가면 1인 1잔이 기본이라며 한 잔을 덜 시키면 눈치를 봐야 하고 나누어 마시겠다고 컵이라도 하나 달라고 하면 안 된다고 거절하는 곳이 많다. 물론 1인 1잔을 시켜야 하지만 대부분 점심식사를 한 후에 가는 경우가 많아 나눠먹고 싶을 때가 가끔 있다. 하지만 눈치가 보여 어쩔 수 없이 사람 수대로 시키고 다 마시지 못하고 오는 경우가 종종 생긴다.

가끔씩 커피를 1인 1잔 시키지 않아도 여사장님은 싫은 내색을 하지 않는다. 조심스레 나누어 먹겠다고 컵 하나 달라고 하면 큰 스푼까지 준다. 그 스푼으로 나누면 흘리지 않을 거라고 하면서 그러니 찾지 않을 수가 없다.

하루는 갔더니 테이블마다 프리지아를 꽂아두었다. 코로나로 어려운 화훼농가도 도울 겸 직접 농가에 가서 꽃을 사온다는 표정이 해맑다. 꽃향기가 커피를 마시는 내내 코끝을 간지럽혀 '봄이 왔구나' 설레었다. 나오는데 프리지아 한 다발을 내밀었다.

꽃을 싫어하는 사람이 있을까? 아마도 동서고금, 남녀노소를 막론하고 없을 것이다. 꽃은 오랜 옛날 삼국시대의 노인도 아름다움을 추구하는 수로 부인에게 가는 길을 잠시 멈추고 꽃을 꺾어 바쳤다. 지금도 그 「헌화가」를 암송하며 진달래꽃이 필 때마다 기억하고 있다.

좋은 것들, 쉬 표현하지 못할 것들은 꽃에 비유를 하고 마음은 형체가 없으니 꽃을 보내며 고백하는 것이 보편화되었다. 그래서 꽃말에 의미를 부여하고 특정한 날에 꽃으로 각자의 마음을 전달한다. 심지어 장례식에도 빠지지 않는 것이 꽃이다.

나 또한 살아오면서 꽃에 대한 추억이 많다. 프리지아 한 단이 소녀시절부터 현재까지 꽃에 얽힌 무수한 인연과 추억을 소환해주었다. 내일은 장날이다. 꽃 화분을 사와야겠다. 그리고 2020년, 코로나로 인해 지루하고 지친 날들을 꽃을 보면서 달래보련다.

제2장

6월에 떠난 사람

6월은 장미의 계절이다. 집집마다 넝쿨 장미가 여름으로 가는 길목을 환하게 비춰준다. 여기저기 장미꽃 소식이 들려온다. 장미꽃 한 다발의 사연 없는 사람이 어디 있으랴. 꽃망울이 처음 맺힌 것은 4월 중순이었다. 그 동안도 사연이 많았다. 가뭄으로 떨어지는가 하면 아파트 단지 내 장미꽃 가지가 비바람에 꺾이는 것도 보았다. 그리고는 5월 초부터 피기 시작했다. 올해는 절기가 딱 맞는지 두 달 가까이 피는 꽃, 줄장미가 코로나증후군에 시달린 우리를 달래주고 있다.

코로나사태와 함께 우리는 모두 기다림에 익숙해졌다. 누군가는 하늘 길 열리기를 기다렸고, 누군가는 집합금지 명령이 해제되어 그리운 사람을 만날 수 있기를 소망했다. 기다린다는 것은 희망이 있다는 이야기도 된다. 끝이 보이지 않을 것 같던 코로나사태가 백신 접종에 따라 집단면역의 희망을 주고 있다. 지구촌의 모든 사람이 기다려온 끝이다.

학위를 받으면서 친해진 네 명의 친구가 있다. 오월 어느 날 저녁 그 중 한 명이 뜻밖에 연락을 해왔다. 김 박사님 아들이 하늘나라로 갔다면서 병원으로 가는 길이라 했다. 그분 아들은 현재 군 복무 중이었다. 결혼한 지 10년이 지나도록 아이가 생기지 않았다. 그렇게 오랜 시간을 기다린 끝에 낳은 귀한 아들이 입대한 지 얼마 되지 않아 주검으로 돌아온 것이다. 장미가 한창 피기 시작할 즈음에 들은 청천벽력 소식이다. 생각만 해도 가슴이 미어진다.

입대 전 한 달을 엄마의 퇴근시간에 맞춰 저녁 식사를 준비했단다. 어느 날은 카레를 그리고 어느 날은 스파게티를 만들면서 오붓한 시간을 보냈겠지. 그렇게 입대한 지 겨우 스무 날 날벼락 같은 소식에 나까지 넋이 나갔다. 아직 피지도 못한 꽃봉오리 나이에 그럴 리가 없어. 한참을 넋 놓고 있다가 부랴부랴 오송역으로 향했다. 11시 출발 경부선을 타고 진주로 내려갔더니 영정 사진 속에서 그 녀석이 거짓말처럼 환하게 웃고 있다.

지난 2019년 네 가족이 모여서 베트남으로 가족여행을 떠났다. 자유로운 영혼을 가진 녀석이었다. 이목구비를 보면 깐깐해 보이는데도 그만치 또 인정스러웠다. 여행 도중 누군가 불편한 기색이라도 보이면 즉각 달려가서 도와주었다. 명랑하며 세심하고 일행과도 잘 어울렸다. 아들이 없는 나는 특별히 엄마를 챙기고 보호하는 게 무척 부러웠다. 여행 마지막 날에는 모든 엄마들 선물로 귀걸이까지 챙겨주던 녀석이었다.

집으로 돌아온 후에도 한동안 일에 두서가 잡히지 않았다. 아들을 잃은 엄마의 심정이 그대로 전해져 일상이 무너질 정도로 나까지 힘들었다. 장례가 끝났겠구나, 삼우제가 지나갔겠구나, 마음속으로만 헤아리고 있다가 카톡으로 안부를 전했다. "믿겨지지 않아 말짱하다가 어제는 숨쉬는 것조차 힘들었어요. 내일은 울 아들 만나러 현충원 갑니다" 하는 답장을 보고 나도 모르게 울먹였다. 어찌 그러지 않겠는가? 숨쉬는 것조차 힘들었다는 엄마의 심정이 백 번 이해되고 남는다.

앞으로 살아가면서 아무리 소식을 전해도 답이 없을 아들, 기다려도 오지 않을 아이를 기다리는 김 박사님의 심정은 어떨까 하는 생각을 떠올릴 때마다 목이 멘다. 이제 갓 스무 살을 넘었다. 꽃다운 아들을 보낸 친구 김 박사님은 앞으로 어떻게 견뎌야 하나.

기다림이 아름다운 것은 돌아올 거라는 기약 때문인데 더는 희망이 없으니 어찌 살려나? 오늘 따라 담장을 타고 올라가는 붉은 넝쿨장미가 더욱 아름다워 슬프다. 6월의 꽃장미가 목타는 그리움의 꽃으로 다가오는 요즈음이다.

여행 도중 이어폰을 꽂은 채 엄마를 차도 안쪽으로 밀며 걸어가던 그 녀석의 뒷모습이 자꾸 생각이 난다.

반짝이는 노을 그 너머

노을이 진다. 이제 막 넘어가는 태양이 산봉우리 틈으로 꼴깍 지고 있다. 서쪽하늘 여울에 진홍물이 끝없이 흘러나온다. 공원에서 운동하던 중 잠깐 멈추고 한참을 바라보았다. 홀연 붉은 물은 간 데 없이 이번에는 거대한 붉은 띠구름이 펼쳐지는 바람에 운동하는 사람들 모두 가던 길을 멈추고 일제히 바라본다. 아름다움은 누구에게나 절박했었나보다.

세계 3대 석양이 아름다운 곳이 그리스 산토리니아, 남태평양 피지, 말레이시아 코타키나발루라고 한다. 이태 전 석양을 보기 위해 말레이시아의 코타키나발루로 떠났다. 배 위에서 한 시간 정도 석양이 지는 것을 볼 수 있다는 말에 기대에 부풀었건만 그날 따라 먹구름이 잔뜩 끼었다. 새새로 조금씩 보이기는 했지만 온 하늘이 물들던 절경에 비하면 아주 미미했다. 하루만 일찍 왔어도 아니면 하루만 연기했어도 충분히 보았을 텐데 다녀와서도 못내 아쉬웠다.

노을은 해가 뜨거나 질 무렵에 하늘이 햇빛에 물들어 벌겋게 보이는 현상을 말한다. 노을이 생기는 것은 빛의 산란과 파장 때문이다. 빛의 산란은 공기를 구성하는 작은 알갱이들이 빛을 흡수하면서 여러 방면으로 다시 방출하는 현상이다. 산란되는 정도는 빛의 파장에 따라서 다르다. 프리즘에 햇빛을 통과시키면 빨강 주황 노랑 초록 파랑 남색 보라색 등 무지개 색으로 분리된다.

빨간 색에 가까울수록 빛의 파장은 길고 산란이 약해지기 때문에 먼 거리까지 도달하지만 파란 색에 가까울수록 파장은 짧고 산란이 왕성해지면서 도달거리가 짧다. 노을이 질 때는 태양의 고도가 낮아지고 햇빛이 대기층을 지나는 거리가 길어지면서 파장이 짧은 파란 색은 흩어져버리고 파장이 긴 붉은 색만 남아서 하늘이 붉게 물든다.

노을이 가라앉는다. 붉은 강물이 조금씩 빠지면서 하늘은 주황빛 카펫을 걷어치운다. 저 빛깔을 두고 집으로 어찌 돌아가나 싶어 갑자기 막연해진다. 아들의 49재를 끝내고 어찌 돌아가야 할지 끝없는 절망에 빠졌을 모정도 겹쳐 떠오른다. 명색은 절에 다니는 사람이면서 49재를 처음부터 끝까지 4시간을 지켜보기는 이번이 처음이었다. 오늘 새삼스럽게 돌이켜보니 노을을 지켜보는 것 같은 느낌이었다고나 할지.

49재는 고인이 돌아가신 날을 1일로 계산하여 칠 일마다 제사를 지낸다. 고인이 저승에 머무르며 명부시왕 중 일곱 대왕들에게 7일째 되는 날마다 심판을 받고 칠칠 49일째 되는 날 최종 심판을 받고 환생한다고 하는 의식이다. 49일 후에는 그 동안 맺었던 이승의 인연이 다 끝난다는 말이다. 그러니 자식의 연을 맺고 있다가 보내야 하는 부모의 마음은 어떻겠는가?

스님은 염불을 하고 바라춤을 추고 북과 징이 함께하는 의식은 엄숙하게 진행되고 중간중간 어떤 의식을 하고 있는지 설명도 해주었다. 의식 끝부분에 〈회심곡〉 중 '부모님 은혜' 부분을 부르는데 울지 않는 사람이 없었다. 스물한 살에 저세상으로 떠난 아이를 생각하면 저절로 눈물이 나는데 거기에 더해 스님의 〈회심곡〉은 가슴을 울렸다. 엄마의 편지 낭독은 또 왜 그리 슬픈지. 아들을 교수로 키우고 싶어 박사라 불렀는데 오래오래 살라고 기도할 것을 그랬다는 내용에서 또한 모두의 마음을 아프게 했다.

49재에는 비용과 시간이 많이 들어간다. 그것을 꼭 해야 하느냐고 하는 사람도 있고 종교가 다르면 더더욱 이해 못하기도 할 것이다. 그런데 일찍 자식을 보낸 엄마의 이별의식이라고 생각했다. 마음 편히 울지도 못했을 엄마가 눈치보지 않고 울며 아이와 작별을 하게 해주는 의식 정도로 나는 명명하고 싶었다. 그렇게 해서라도 아이가 좋은 곳으로 갔다고 생각하는 부모의 마음을 백 번 천 번 이해할 수 있었다. 나뿐만 아니라 기독교 모태신앙을 가지고 있는 친구도 49재를 불교문화로 이해하고 거부감 없이 받아들였다.

나로서는 우연히 감상하게 된 노을, 그 아름답고 슬픈 빛깔과 49재에서 보았던 모정이 얼비치는 느낌이다. 49는 다름아닌 일곱 개가 일곱 번 겹친 숫자였기 때문이다. 7은 완전수라고 했다. 더구나 그것을 두 번 강조했다. 너무 어린 나이에 눈을 감았다. 바다보다

깊고 하늘보다 높은 모정을 생각하면 통탄할 일이다. 자식 잃은 슬픔은 세상 그 어떤 낱말로도 표현할 수 없기에 그렇게나마 의식을 통해서 무거운 짐을 내려놓는 거라면 어떨까. 누구를 막론하고 위로할 말을 찾기는 힘들 것이므로.

어스름과 함께 붉은 하늘 카펫이 치워진다. 남아 있던 검은 구름이 오래 전 코타키나발루에서 노을 감상을 포기하고 바라본 검은 구름에 오버랩되는 것도 우연일까. 아름다운 것은 잠깐이다. 오늘 본 노을 또한 불과 5분도 되지 않을 동안의 환상이었다. 그런데도 잠깐 세상이 정지된 것처럼 고요하고 경건한 그 무엇이었다.

친구 아들의 청춘도 생각하니 꽃 피고 지는 그 순간이었다. 잠깐만이라도 황홀하고 행복하게 해주는 것들 때문에 우리는 힘들어도 살 수 있는 것이리라. 그 엄마 또한 견딜 수 없이 슬픈 중에도 가슴 깊이 묻어둔 아들과의 추억이 있으면 슬픈 행복으로 자리잡을 수 있겠지. 노을은 사라졌어도 다시 떠오르기를 기약하면서 놓아주는 것처럼 비록 세상에는 없지만 이후로 불씨처럼 가슴에 노을로 그리움으로 타오를 테니.

벚꽃엔딩

벚꽃이 활짝 피었다. 어찌나 예쁜지 운전을 하고 가다가 잠깐 멈추고 바라보는 일이 많아졌다. 벚꽃이 지는 자리마다 파릇파릇 새잎이 돋아나고 꽃잔디와 조팝꽃이 그 자리를 채운다. 때맞추어 산벚꽃도 연초록과 어우러졌다. 등성이 언덕을 바라보면 살구꽃 복숭아꽃이 만발했다. 가는 데마다 꽃이고 보이는 곳마다 꽃사태가 났다. 4월과 함께 우리 동네 산들에 완전히 넋을 빼앗기고 만 것이다.

특히나 올해는 강의를 나가는 전라도 정읍에서 일찌감치 벚꽃을 완상하게 되면서 여러 날 동안 벚꽃 길을 걷는 행운을 누렸다. 음성에는 이제 막 봉오리가 맺혔는데 정읍에서는 활짝 피었다. 열흘이 지나 벚꽃이 떨어질 즈음이 되자 음성에서는 비로소 만발했기 때문이다.

꽃은 열흘이면 피고 지는데 올해는 거반 20일 동안을 감상하게 된 폭이다. 봄을 타는지 자주 피곤해지는 요즈음 흐드러진 꽃을 보면 잠깐 모든 것을 잊고 마음까지 환해진다. 꽃들도 저렇게 환히 피는데 우리도 그렇게 웃고 살 수 있으면 좋겠다는 생각이 들었다.

떨어지는 벚꽃잎 사이로 오버랩되는 분이 한 분 계셨다. 함께 문학활동을 하고 있는 문인 대선배로 지금 아흔을 바라보는 나이이고 거동까지 불편하시다. 그분은 앞으로 과연 몇 번이나 저 꽃을 볼 수 있을까? 나는 또 몇 번이나 보게 될까? 하는 생각에 갑자기 쓸쓸해진다.

내 나이를 계산하고 앞으로 30년을 더 산다고 하면 30번을 보는구나 하는 생각이 미치자 갑자기 훅 하고 들어오는 느낌이 있다. 30년을 산다고 했을 때는 참 길게 느껴지던 시간이 저 꽃을 30번 본다고 생각하니 너무나 짧게 느껴졌다. 왜 그랬을까? 곰곰이 생각하니 아마 30년이라는 세월 속에는 희로애락이 다 들어가 있지만 봄꽃 속에는 좋은 것만 아름다운 것만 들어 있어 짧게 느껴진 것은 아닐까? 하는 생각이다.

며칠 전, 밤 12시가 넘었는데 문자 알림 소리가 들렸다. 불면증으로 인해 온갖 노력으로 막 잠이 들던 차라 짜증이 올라왔다 그러다 혹시나 아이들에게 무슨 일이 있나 놀라서 열어보았더니 그분이셨다. 몇 글자 써서 보내고 그 다음 또 몇 글자 쓰고 보내서 문자가 아주 길게 들어왔다. 그래서 알림 소리가 계속 난 것이었다.

문자의 내용은 사과즙 잘 받았다고, 감사히 잘 먹겠다고 그리고 몸이 아파 이제는 모임에 나갈 수가 없겠다는 내용이었다. 잠을 깼다는 짜증보다는 눈물이 핑 돌았다. 사과즙은 작년 추석선물로 보낸 것이고 올해 설에는 강정을 보내드렸다. 그때는 아무런 연락도 없더니 뒤늦게 생각난 것처럼 문자를 보내신 거다.

초저녁에 한숨 주무시고 일어나 목이 말라 베란다 갔다가 발견하셨나? 이 시간이 문자를 보내기에는 적당하지 않은데 시간관념이 희미해지셨나? 짜증보다는 걱정으로 오랜 시간 잠을 이루지 못했다. 당신 작은 딸과 내가 비슷하게 생겼다고 그 동안 각별하게 대해주셨다. 근래 몇 년 전까지만 해도 문학기행도 같이 다녀오셨고 흥이 많아 그 연세에도 마이크 차례가 돌아가면 사양하는 일 없이 트로트 한 가락은 신명나게 부르시고는 했다.

나의 시간과 그분의 시간은 속도가 달랐나보다. 덧없는 것이 세월이라 하지만 슬프다. 더 많이 내려놓고 훨씬 가볍게 살자 하는 생각과 내가 뜻한 바대로 살아왔는지 하는 이런저런 상념으로 그 밤이 더디게 갔었다.

오늘 아침 바람에 흩날리며 떨어지는 벚꽃이 참 아름답구나 하는 생각 언저리에서 그분이 떠올랐던 것이다. 늙고 병들고 그리고 가는 것이 누구든 피해갈 수 없고 나에게도 곧 닥쳐올 것이라는 생각 때문에 좀 서글펐다.

바람에 피었다가 바람에 지는 벚꽃의 한살이처럼 우리 삶도 자연의 이치와 별반 다르지 않다. 나는 과연 어떤 시점에 있는 것일까? 우리 모두는 때로는 꽃으로 때로는 잎으로 때로는 열매를 맺는 나무로 살아가다가 끝내는 한 줌 흙으로 돌아가겠지. 하지만 우리 모두에게도 한때는 꽃처럼 찬란했던 기억은 있을 테니 서글픈 일만은 아니리라.

그분에게도 찬란한 시절이 분명 있었을 것이다. 저녁에는 안부 문자라도 한번 띄워야겠다.

꽃의 온도를 재다

벚꽃이 진 자리에 새 잎이 돋았습니다. 조팝나무 새하얀 꽃과 분홍빛 복숭아꽃이 한창입니다. 오늘 점심은 거하게 봄을 먹었습니다. 일요일이라 절친하게 지내는 언니 집에 놀러갔습니다. 텃밭에는 온통 봄나물로 가득했습니다. 쑥을 뜯고 민들레를 캐고 취나물과 홑잎나물, 그리고 구기자 새순을 살짝 데쳤습니다. 참기름과 통깨를 넣고 무치니 입맛이 절로 돋았습니다. 쑥국까지 끓여서 봄꽃이 흩날리는 정원에 앉아 먹으니 행복이란 단어는 이럴 때 쓰는 것이구나 하는 생각이 들었습니다.

나는 4월 말의 날씨를 '꽃의 온도'라고 명명합니다. 목련과 벚꽃이 제일 먼저 봄을 알리며 피었다가 지고 나면 봄은 또 다른 꽃은 피우려고 온도를 한껏 높입니다. 오늘처럼 들판에 나가 있으면 등으로 땀이 배고 이마에는 땀이 살짝 솟을 정도의 온도 말입니다. 이 온도가 몇 도인지 숫자로 표시하지는 못하지만 나는 꽃의 온도라고 명명했습니다. 점퍼를 입어도 좋고 벗어도 좋은, 후텁지근하면서도 부드러운 바람이 내 온몸을 스칠 때마다 속으로 '봄이구나 봄'을 외칩니다.

우리의 탄성을 자아내게 하는 많은 꽃들이 이 시기에 핍니다. 눈을 들면 조팝나무 꽃과 라일락, 영산홍이 행복하게 해주고 고개를 숙이면 키 작은 보라색 꽃잔디와 그 외에 색색의 튤립이 피고, 돌 틈 사이에서 피는 오랑캐꽃이 질긴 생명력으로 우리를 반깁니다.

인간관계에서도 나는 이 꽃의 온도를 좋아합니다. 언제라도 찾아가면 이유도 묻지 않고 밥을 안치고, 이것 필요해? 이거 먹을래? 묻지 않고 나눠 쓰자고 들고 오고, 같이 먹자고 가지고 오는 그런 관계 말입니다. 어떤 분은 질척대는 것 같아서 싫다고 끈적거려 싫다고 말하는데 나는 그런 사람관계가 좋습니다.

며칠 전 교육 프로그램을 계획하며 여러 사람과 통화를 한 적이 있었습니다. 그 분야에서는 최고로 권위 있다는 분들이었는데 그 말의 온도 차이는 참으로 컸던 것 같습니다. 어떤 분은 시간이 맞지 않아 강의를 못하게 되었는데도 "고맙다. 다음에 기회가 되면 꼭 함께 하겠다" 하는 분들이 계셨지만 대부분은 권위적이었습니다. 교육도 시작하기 전에 대단한 분들께 지쳐버린 기분이 들었습니다.

모두들 전문가임을 내세우고 싶어하는 것은 물론이고 내 질문이 뭔가 불편하다는 기색을 고스란히 드러내고는 했습니다. 전화를 끊고 다음에 만나면 어떻게 생긴 분인지 확인해보고 싶게 만드는 분들도 많았습니다. 어쩌면 요즘 시대에는 이런 대화법이 맞는 것인지도 모르겠습니다. 필요한 부분만 간결하게 끝내고 아니면 바로

노~ 해서 피차간의 시간을 아껴주는 그런 대화법 말입니다.

미장원에 염색을 하러갔다가 바쁜 미용실 원장이 커트를 하러 출장을 나간다는 말을 들었습니다. 좀체 드문 일이라 누구냐고 물었더니 나 역시 몇 번 뵈었던 분입니다. 3주 전에 갑자기 뇌출혈로 쓰러졌다고 했습니다. 조금 좋아져서 휠체어를 탈 수 있게 되었다면서 그분께 간다고 했습니다. 그분은 승강기나 주차장에서 만나면 먼저 인사하고 반기는 분이었습니다.

초여름이 되면 농사를 지었다고 상추며 고추 등을 따서 내밀곤 하셨습니다. 김장철에는 김장을 했느냐고 묻고 한 포기 맛보게 주겠다며 말을 건네셨던 분입니다. 그렇게 살아왔으니 손님이 끊이지 않는 주말인데도 짐짓 머리를 다듬어주러 간 것이겠지요.

불현듯 꽃의 온도를 느껴본 순간입니다. 꽃이 피기 위해서는 구태여 뜨거운 온도까지는 필요 없고 적당히 따스한 바람이면 된다고 들었습니다. 그분이 피운 인정의 꽃 또한 부드럽고 따스한 체온으로 피어났을 테지요. 그분의 마음을 누구는 조금 과하다고 표현도 했지만 결국 쓰러지고 나서 많은 분들이 그 이야기를 하며 건강을 염려하고 응원했습니다. 저 또한 빨리 완쾌되어 정겨운 인사를 다시 듣고 싶습니다.

오늘도 날씨는 미세먼지 때문에 맑지 않아도 덕분에 미용사도 없는 미용실에서 손님들끼리 뭉클한 사연을 나누면서 봄꽃의 온도를 재고 있는지 모르겠습니다.

반딧불이

아주 오래 전에 소설 하나를 읽었다. 지금 다시 읽고 싶어서 제목을 생각해보려고 하지만 도무지 떠오르지 않는다. 아직도 내 가슴에 지워지지 않고 남아 있는 한 장의 사진 같은 장면이 있다. 소설 속 주인공이 군대에 복무 중이었을 때 편지로 이별을 통보하고 떠난 여인이 있었다. 제대 후에도 잊지 못해 수소문하다가 외국에서 살고 있다는 것을 알아냈고 그녀를 찾아 비행기를 탄다. 우여곡절 끝에 연인을 만나지만 결국 이루어질 수 없는 사랑임을 확인한다. 연인의 멀어져가는 뒷모습 뒤로 붉은 석양이 물들고 벤치에 앉아 황홀한 석양이 바다 속으로 사라질 때까지, 그리고 여인의 모습이 보이지 않을 때까지 지켜보고 있는 것을 마지막으로 소설은 끝이 났다. 소설 속에 펼쳐진 그 노을을 작가가 얼마나 아름답게 묘사했든지 꼭 한번 가보리라 마음먹었는데 세월 속에 묻혀 그 소설 제목을 잊어버려 그 장소를 기억하지 못한다. 막연히 석양이 아름답기로 유명한 그리스 산토리니는 너무 거리가 멀고 말레이시아 코타키나발루가 아닐까 혼자 생각하고는 했다.

코타키나발루를 여행지로 선택한 것은 순전히 석양을 보겠다는 욕심 때문이었다. 대학원 후배 3명과 가기로 했는데 출발 당일 독감으로 2명이 못 간다는 연락이 와서 잔뜩 기대했던 여행이 바람 빠진 풍선이 되어버렸다. 취소를 하고 싶었지만 단순 변심으로 인한 당일 취소는 50% 위약금을 물어야 한다는 여행사측의 답변을 듣고 대충 짐을 꾸려 2명만이 떠나게 되었다.

코타키나발루의 석양은 3월에서 5월 건기에 와야 가장 아름다운 석양을 볼 수 있다고 가이드는 설명했다. 그래도 아쉬운 대로 바다 위로 펼쳐지는 노을을 감상했다. 소설로 읽었던 그 노을의 감동은 아니었지만 이국 정취가 잠시 나를 황홀하게 물들였다. 그 다음 일정이 반딧불이를 보러가는 것이었다. 코타키나발루 중심지에서도 1시간 30분을 달려 바다와 강이 만난다는 강가로 갔다. 보트를 타고 강 한가운데로 나갔다. 비 온 후라서 달님은 구름 속에서 희미하게 얼굴을 내밀고 있었다. 달빛에 비친 물그림자의 아름다움만으로도 충만했다. 보트 위에서 소리 없이 반딧불이가 나타나기를 기다리고 있었다. 어느 순간 주위가 깜깜해지고 맹그로브 나무 위에서 크리스마스 트리처럼 반딧불이가 빛나기 시작했다. 모두들 입에서 탄성이 흘러나왔다.

보트 위의 관광객들은 아쉬움과 감동의 감정들을 쏟아냈다. 나도 마찬가지였지만 어린 시절 이후 처음 본다는 분들이 많았다. 이런 아름다운 반딧불이를 환경의 변화로 우리나라에서 흔히 볼 수 없다는 아쉬움에 대해 얘기들을 했다. 30분 정도 보트를 타고 다니면서 반딧불이를 감상했다.

우리가 알고 있는 반딧불이의 빛은 암컷이 수컷을 유혹하기 위한 사랑의 신호라고 알고 있다. 그것을 이용해서 가이드가 손전등 불빛으로 유혹하자 우리 보트 위로 반딧불이 들어와 머리 위로 가득 날아다니기 시작했다. 손 안에 넣어 소원을 빌고 날려 보내라는 여행사측의 이벤트였다. 두 손으로 잡고 보니 형설지공螢雪之功의 고사가 무색할 희미한 불빛을 내뿜었다. 반딧불이 종류가 1,900종이라는데 어릴 적 내가 잡고 놀았던 우리나라 반딧불이보다는 작고 빛도 희미했다. 손 안의 반딧불이는 화려하게 빛나지 않았지만 날려보내줬더니 그 무리로 돌아가 다시 반짝반짝 빛나는 반딧불이 트리를 만들었다.

하나하나는 미약한 빛이었지만 돌아가 맹그로브나무 위에서 펼치는 춤사위는 황홀했다. 그것을 보면서 지난해 광화문 촛불을 떠올렸고, 세월호 참사 때 자원봉사자의 물결이 스쳐지나갔다. 우리 모두는 이름 없는 반딧불이처럼 화려하지도 빛나지도 않지만 가족이라는 이름으로, 사회라는 이름으로, 국가라는 이름으로 모여 빛을 발하면 거스를 수 없는 거대한 물결이 된다는 것을 경험했다. 풍광의 아름다움뿐 아니라 진리의 깨달음이 있는 코타키나발루의 석양을 찾아 떠난 여행은 오랫동안 감동으로 남을 것 같다. 독감으로 인해 함께하지 못한 후배들과 만나 여행 이야기를 하면 '우리'라는 아름다운 반딧불이 공동체 이야기로 꽃을 피울 것 같다.

코로나 일상

2021년 새해가 밝았다. 당연히 설레고 가슴 벅찰 때인데 우리는 여전히 코로나와 싸우고 있다. 집합금지 명령이 내려지면서 회의나 소모임조차도 할 수 없는 날들이다. 그렇게 바뀐 일상이 이제는 익숙해지면서 새로운 일상이 되었다. 코로나사태 이전에는 일주일에 서너 번은 저녁모임이 있었다. 어쩌다 일찍 귀가한 날은 이런저런 밀린 일들을 하고는 했다. 언제부터인지 오후 6시만 되면 들어오게 되어 은연 중 바뀐 생활이 가끔 생소해지곤 한다.

해마다 연말이면 여행을 떠나는 모임 친구들이 있다. 올해는 당연히 취소할 수밖에 없는 상황이다. 그 동안은 가끔 만나 수다도 떨고 좋았는데 유치원 원장들이라 더욱 이동이 자유롭지 못하다. 모두 강의하는 사람들이라 자연스럽게 ZOOM으로 만나고 있다. 돌아가면서 초대를 하고 안부를 묻고 코로나시대를 함께 이기는 방법을 공유한다.

그 친구 중 한 명이 콩나물 기르는 것을 추천했다. 콩나물이 커가는 것이 신기하고 예쁘다며 밴드에 올렸다. 나도 키워보려고 인터넷에서 콩나물시루를 주문했다. 승무원인 큰아이도 코로나 여파로 집에 내려와 있어 함께 키워보고 싶어졌다.

먼저 쥐눈이콩을 씻어서 싹을 틔웠다. 뾰족뾰족 싹이 튼 것을 시루에 안치고 볕이 들지 않게 뚜껑을 덮었다. 아침이면 큰딸에게 시간 맞춰 물을 주라는 주문을 하고 집을 나선다. 처음에는 시루값 1만5천 원으로 콩나물을 사면 어마어마하겠다고 시큰둥하더니 커가는 게 재미가 있다면서 관심을 보였다. 외출해서 돌아오면 콩나물의 안부가 궁금했다. 큰애가 틈틈이 물을 주어 그런지 아침에 나갈 때보다 쑥쑥 자라 있는 게 신기했다. 정채봉 시인의 시 "광야로 내보낸 자식/ 콩나무가 되었고,/ 온실로/ 들여보낸 자식/ 콩나물이 되었고"라는 시를 읊으며 아이와 긴 이야기를 나누었다.

그러자 또 다른 친구가 시낭송을 해서 밴드에 올렸다. 2019년 이탈리아 베니스 여행을 갔을 때 곤도라를 타고 내가 읊었던 시 낭송이 너무 멋있었다며 도전해보고 싶다고 했다. 여행을 다녀와서 제각기 개성에 맞는 시를 골라 밴드에 올렸는데 바쁘게 지내다보니 잊어버리고 있었다. 친구 한 명이 몇 번 시도 끝에 올린다며 음악과 함께 시낭송을 올리고 자신이 했던 방법을 자세히 설명했다. 다음 친구가 그 방법대로 또 올리고 서로 시낭송을 공감하는 그 소소한 재미가 좋다. 다음에는 어떤 친구가 코로나시대를 견디는 또 다른 방법을 생각해낼지 기대가 되기도 한다.

며칠 전 홈쇼핑에서 오디오를 하나 샀다. LP판으로 음악을 들을 수 있고 카세트테이프도 되고 CD도 들을 수도 있다. 거기에 USB를 꽂을 수도 있고 라디오 기능까지 겸했다. 요즘 자동차 안에서도 CD를 들을 수 없다. 차 안에서 음악이 듣고 싶으면 핸드폰 블루투스로 연결해 들으면 된다. 그러니 LP판이나 CD에 대한 그리움이 있다. 집에 있는 시간이 많아지면서 이거다 싶어서 샀는데 대만족이다. 남편은 음악을 좋아한다. 결혼할 때 혼수로 턴테이블만 해오면 된다고 했을 정도이다.

그때 들었던 LP판을 버리지 못하고 베란다에 보관했는데 보물상자를 여는 것처럼 개봉했다. 그룹 아바, 징기스칸, 엘비스 프레슬리부터 김청자 가곡, 제1회 대학가요제를 비롯해 수많은 LP판이 있었다. 보관 상태가 좋지 않아서 걱정이 되었지만 지지직거리는 LP판 특유의 음악을 들으면서 잊고 지냈던 많은 기억을 떠올렸다. 집에 와서도 텔레비전 대신 라디오를 켠다. 우리 젊은 시절 얼마나 많은 추억이 라디오로부터 시작되었는가. 거기에 작은아이가 스포츠 소식을 전하는 프로그램까지 있으니 또한 행복하다. 코로나사태 이전에는 먼지가 앉을 정도로 까맣게 잊고 있었던 것들이다. 공포스러운 전염병으로 뜻밖의 여유시간이 많아졌다. 라디오와 LP판 등으로 추억에 젖는 날들에 조금씩 익숙해지면서 어린왕자의 '길들이기'에 대한 이야기가 생각나기도 한다.

아무리 길들여진다 해도 새해를 시작하는 마음이 사상 초유의 전염병 때문에 암담하다. 유사 이래 세상을 떠들썩하게 했던 세기말적인 전염병이 강타했지만 이렇게 동시다발적으로 전 세계가 긴장할 때는 없었다. 이럴 때일수록 분위기 전환으로 돌파구를 찾아 조금이나마 위로와 위안이 되었으면 하는 바람을 가져본다.

가을연가

가을이다. 올가을 들판은 유난히 아름답다. 운전을 하다 다랑논 옆에 차를 세우고 고운 빛에 취해 한참을 바라본다. 무심코 옆에 탄 아이에게 어린 시절 이야기를 시작했더니 아이가 한마디 한다. "엄마 옛날 일을 자주 추억하면 늙은 것이라는데…."

그런가 하고 웃었지만 나도 이제 내 인생에서 가을쯤 와 있다고 생각한다. 그러니 아이의 논리로 보자면 추억이 자꾸만 그리워질 수밖에 없는 나이다.

초등학교 시절 학교에서 벼 이삭줍기 행사가 있었다. 지금 생각하면 철부지들이 들판으로 나갔다. 흙으로 만든 논둑에는 구멍이 있고 쥐들이 벼이삭을 잔뜩 물어다놓았다. 4~6학년 학생들이 쥐구멍과 논에 떨어진 이삭을 모으면 비닐포대 여러 개가 되었다. 그 시절 우리는 이삭줍기보다는 들판에 나가서 마음껏 쏘다니는 것만으로 행복했다.

돌이켜 생각하면, 우리가 모았던 벼이삭의 용처는 무엇이었는지 궁금하다. 가난했던 시절이라 학교 운영비에 보태려고 했던 것인지 아니면 불우이웃 돕기에 보냈는지도 모르겠다. 딸아이에게 이런저런 이야기를 했는데도 그 시절이 전혀 이해가 되지 않는 듯했다. 그도 그럴 것이 40년도 훨씬 넘은 이야기인데 아이의 상상력이 미치지 못할 것은 자명하다.

그래도 근래의 시간은 다행히 공감할 수 있어 좋다. 아이들이 엄마가 여고 시절을 보낸 광주를 가보고 싶다는 이야기를 자주 한다. 역사적인 도시를 꼭 여행하고 싶단다. 서로 바쁘다보니 말은 수십 번 했지만 함께 가보지 못하고 국내 여행 1순위로 늘 꼽고 있다. 그런 광주를 지난 주에 음성예총에서 '충장축제' 견학으로 다녀왔다. 얼마나 많이 바뀌었을까? 어떻게 변해 있을까? 궁금했다.

떠나기 전날 밤 여러 가지 추억들이 주마등처럼 떠올랐다. 내가 다니던 여고에서 충장로와 금남로가 가까워 우리들의 주무대였다. 주말이면 메밀짜장면을 먹는 재미로 친구들과 쏘다녔다. 그때 메밀짜장면은 왜 그리 맛있었는지 아직도 생생하다. 얼마 전 인터넷에서 네티즌이 써놓은 글을 읽고 혼자 웃었다. 광주로 추억여행을 떠났는데 아내가 충장로 메밀짜장면이 맛있다고 꼭 먹어봐야 한다고 해서 먹었다고 한다. 그런데 메밀짜장이 메밀로 만든 국수에 춘장을 부어준 것이었다면서 정말 맛이 없었다고 한 글이다. 어쩌면 지금 우리의 세련된 입맛에는 맞지 않았을 것이라 생각하면서 나처럼 충장로 메밀짜장면의 추억을 가진 사람이 많이 있나보다고 했다.

막상 우리 일행이 광주공원에 차를 대고 광주 땅을 밟으니 울컥

했다. 높기만 했던 공원 계단도, 울창하고 멋있었던 그 공원도 한적하고 쓸쓸하기만 했다. 공원 앞에는 할아버지 몇 분이 낡은 포장마차에서 소주잔을 기울이고 있었다. 30여 년 전에는 밤이면 카바이트 불을 밝힌 리어카가 공원 앞에 줄서서 있었다. 그 화려한 불빛만으로도 들뜨게 만들었던 광주공원, 그런데 초로의 사내들이 모여 앉아 기울이는 술잔이 참 쓸쓸해보였다.

변해버린 충장로와 금남로를 기웃거렸다. 변하지 않은 것은 충장우체국뿐이었다. 그곳을 우리는 '우다방'이라고 불렀다. 친구들과 만남의 장소로 정했던 곳이다. 꽤 여러 층의 계단 위에는 우리 말고도 늘 누군가를 기다리는 사람들로 꽉 차 있었다. 오지 않는 친구가 있으면 바로 옆 공중전화 박스로 가서 긴 줄을 기다려 전화를 하고는 했다. 우체국 앞에는 여전히 누군가를 기다리는 사람들이 많았지만 우리처럼 눈을 반짝이며 친구가 오는지 쳐다보지는 않는다. 지금은 수시로 연락을 할 수 있으니 신경쓸 일이 없는 듯 핸드폰이나 보면서 여유롭게 기다리고 있었다.

결국 메밀짜장도 먹지 못하고 내가 다녔던 학교도 가보지 못하고 왔다. 아니 일부러 먹지 않았고 가지 않았다는 것이 맞는 말일 듯싶다. 내 마음 속에서 '다음에, 다음에, 다시' 이런 외침을 들었다. 짧은 시간 정신없이 둘러보지 말고 나중에 추억을 음미하면서 마주하고 싶었던 까닭이다. 과거보다는 현재와 미래를 향해 가라고들 하지만 추억은 언제나 아름답다. 아름다운 추억이, 지치고 힘들 때 활력이 되어주는 것은 고전이고 진리이다.

추억은 우리들 마음속에 있다. 꺼내보고 싶을 때 혼자 조용히 꺼내보며 철없던 치기를 반성하고 추억을 더듬는 감성이 오늘 따라 애틋해진다.

사람주의보

오늘 아침 출근하는데 비가 내렸다. 엘리베이터에서 내리니 입구에 모자를 눌러쓰고 큰 가방을 멘 여자가 떨어지는 비를 보며 서 있다. 누구네 집을 방문한 사람이려니 생각하면서 아파트 뒤편에 세워진 자동차를 향해 갔다. 차 문을 열고 우산을 접으려는데 아까 엘리베이터 앞에 서 있던 여자가 전단지로 비를 가리며 다가왔다. 무슨 볼일인가 싶어 쳐다보니 비가 와서 그런다며 터미널까지 태워달라고 했다.

잠깐 동안 수많은 생각이 스쳐갔다. 머릿속이 복잡해졌다. 걸어가는 게 안 됐다고 지나가는 사람을 태워주다가 봉변을 당했다는 얘기가 떠올랐다. 그렇지만 비를 맞고 있는 게 마음에 걸렸다. 몰라라 할 수 없어 거절하지 못하고 태웠다. 그리고 터미널까지 가는 5분여 동안 얼마나 무섭고 섬뜩했는지 지금도 생각하면 등줄기가 서늘해진다. 그 여자는 조카 집을 방문했고 조카가 출근하면서 도어 비밀번호를 알려줬는데 그만 잊어버려 들어가지를 못하고 집으로 가는 길이라고 했다. 앞뒤가 맞지 않는 얘기였지만 횡설수설을 듣는 나로서는 과장된 표현으로 공포의 시간이었다. 처음에 거절했으면 간단한 일인 것을 굳이 태우고는 괜한 걱정을 했으니 알다가도 모를 일이다.

게다가 남자도 아닌 여자를 두고 무서워 벌벌 떨었다는 게 어이없기도 했지만 이따금 터지는 성폭력범에, 여성운전자 납치사건 등으로 사람을 경계하는 습관이 몸에 배었다고 생각하니 씁쓰름한 기분이다. 어떤 여성정치가는 성폭력범에게 사형을 집행해야 한다고 주장하기도 했다. 거기에 맞추어 자신을 지키기 위한 온갖 호신술과 대처법이 속속 등장하는 추세지만 비웃기나 하듯이 어제도 학교에서 집에 돌아가던 여고생이 성폭행을 당하는 뉴스가 나왔다. 딸만 둘을 키우다보니 객지에 나가 있는 딸들에게 날마다 "조심하라"를 반복하고 전화를 받지 않으면 통화가 될 때까지 안절부절못한다

얼마 전에는 딸아이가 혼자 여행을 가겠다는 것을 말리느라고 실랑이를 벌이기도 했다. 여자든 남자든, 낯선 사람은 무조건 두려운 이 현실이 안타깝기만 하다. 사람이 사람을 믿지 못하고서야 어찌 살 수 있는가. 산짐승보다 무서운 게 사람이라고 한 옛 말이 실감이 난다.

30여 년 전 신혼 때가 생각난다. 차도 다니지 않는 공장 사택에서 신접살림을 시작했는데 낮에 읍내라도 나갈라치면 버스가 다니는 곳까지 3㎞의 비포장도로를 걸어서 나갈 만치 외딴 곳이었다. 혼자서 걸어가다보면 자가용이나 트럭 등이 섰고 버스터미널까지 태워

주는 게 일반적인 인심이었다. 지금 정서로는 이해할 수 없는 간이 부어도 한참을 부은 행동으로 생각되지만 그때는 그게 자연스러운 일이었다. 그 후 나도 차를 사고 그 길을 걸어다니는 마을 사람들이 차를 세우면 버스 타는 곳까지 태워주기를 마다하지 않았다.

그런데 오늘 아침 낯선 여자를 태우고 등에 땀이 나도록 겁을 먹었으니 어처구니가 없다. 아무런 사심 없이 서로 태워주던 정서가 그립다. 목적지까지 갈 동안 서로의 근황을 묻고 안부를 전하곤 했었는데 지금은 남을 도와주는 인심이 통하지 않는다. 무거운 짐을 들고 쩔쩔매는 할머니에게 도와준다고 접근한 뒤 금품을 훔쳐 달아나는 사람도 부지기수라고 하니 짐을 들고 가면서도 누군가 들어주겠다고 하면 불안해서 거절해야 될 판이다. 호의를 베풀어도 받는 측에서는 달갑지 않게 여기는 세상으로 바뀐 셈이다. 이러니 사람이 가장 무서운 존재라고 말하는 것도 무리는 아니다. 아이들에게 말끝마다 사람 조심하라고 이르는 것을 언제나 그만두게 될까?

물들이다

아침을 먹고 뒷산에 올랐다. 6월의 산은 벌써 초록과 초록이 어우러져 갈맷빛을 이루고 있다. 소나무를 타고 올라가는 덩굴식물들을 보니 그 조화가 아름답다. 함께하면 무엇이든 새로움을 만든다. 소나무는 오르는 덩굴을 거부하지 않았고 덩굴은 나무를 타고 더 높고 넓은 세상을 바라보고 있었다. 우리가 사는 세상도 그랬으면 좋겠다는 생각을 했다. 산에서 내려와 마시는 냉커피 한 잔이 그래서 오늘 따라 유난히 맛있다.

오늘은 인견 옷으로 염색을 하는 날이다. 그 동안 인터넷 카페에서 마음에 드는 옷을 몇 개 샀다. 착한 가격으로 카페 주인장이 직접 만들어 올리는 옷들이다. 주로 흰 색 인견이 눈에 띄었다. 흰 색 인견은 부드럽기도 하거니와 내가 원하는 색으로 물들일 수 있어서 좋다.

천연염색 염료도 같이 구입해두었다. 원피스와 재킷 염색에 들어갔다. 밤색 계통의 아선약과 명반을 섞어 오랫동안 치댔더니 붉은 색을 머금은 황금빛이 나왔다. 너무나 만족스러웠다. 그 빛깔에 취해 한참을 들여다보다가 방으로 들어가 빛바랜 옷을 꺼내왔다. 그런데 그게 오늘의 가장 큰 실수였다. 거기서 멈췄으면 딱 좋았을 것을 모시 재킷과 흰 색 바지를 꺼내와 새 옷으로 만들겠다는 욕심으로 염색을 시작했다.

이번에는 일반 다이렉 염료를 이용했다. 일반 다이렉 염료는 선명하고 빨리 염색이 되어 좋지만 색상 선택을 잘못하면 돌이킬 수 없어 후회를 하는 경우가 종종 있다. 파랑색으로는 바지를, 초록색으로는 재킷을 염색했다. 모시 재킷은 노란 빛깔을 띤 연두색이었는데 초록에 담갔더니 바탕을 이루고 있던 색은 온데간데없고 진초록으로 염색이 되어 난감했다. 찬물에 아무리 헹궈봐도 원상태로 돌아오지 않았다.

천연염료인 아선약은 염색을 하고 그 위에 두 번, 세 번 염색을 하면 내가 원하는 빛깔을 찾을 수 있다. 베란다에서 걷어와 두 번째 염색을 하고 다시 세 번째 염색을 하려고 나갔다가 깜짝 놀랐다. 어디서 묻었는지 파랑색 염료 몇 방울이 아선약으로 염색한 원피스에 묻어 공들인 것이 헛일이 되어버렸다. 아무리 생각해도 어디서 묻었는지 모르겠다. 소목이나 자초 분말로 다시 염색을 해야만 그나마 같은 계통이니 복구가 될까 싶은데 속상하고 지쳐서 염색 도구들을 치우기 시작했다.

천천히 스며드는 천연염색은 여러 번 염색을 할수록 아름다운 색을 찾을 수 있다. 그런데 강한 다이렉 염색은 한번 선택으로 끝난다. 그래서 잘 생각하고 선택해야 한다. 천연염색은 실수를 해도 다른 색을 사용하면 그 위에 또 다른 색이 더해져 생각하지 못했던 오묘한 색이 된다. 염색을 할 때면 어울림의 미학을 거기서 발견하며 우리 사는 세상 이치와 비슷하다는 생각을 한다.

세상은 온갖 다양한 생각을 가진 사람들로 구성되어 살아간다. 보통의 우리를 색으로 표현하자면 천연염색에 사용되는 색상이다. 색상과 색상이 어우러져 때로는 오묘하고 때로는 산뜻하다. 또 생각하지 못했던 새로운 색상을 만들어내기도 한다. 물론 그에 비해 강한 스펙트럼을 가진 사람들은 다이렉 염색 효과처럼 빠른 추진력에 파워가 있다. 무슨 일이든 진행이 빠르고 결과도 눈에 띌 정도로 뚜렷하다. 속전속결 취향이라 확실하지만 관계가 잘못될 경우 자칫 치명타가 된다. 경제적인 손해가 되었든 인간적인 손실이 되었든 염색을 하다가 망쳐버린 옷처럼 두 번 다시 돌이킬 수 없는 허점을 남긴다. 염색되는 속도가 더디고 번거롭기는 해도 절대 실패할 리가 없는 천연염색을 선호할 수밖에 없는 이유이다. 그런 식이라면 부드러움과 다정함으로 서로 다름을 인정한 배려로 우리 사는 세상은 더욱 아름다워지지 않을까.

오늘 못 다한 염색은 심사숙고해서 색상을 선택하고, 내가 원하는 빛깔을 내도록 여러 번 물들여봐야겠다.

잊혀진 계절

외출하던 중 집에 두고온 것이 있어 지름길로 돌아가려다 발이 묶였다. 사다리차를 세워두고 놀이터에 심어진 나뭇가지를 자르고 있었다. 낙엽이 도로 쪽으로 많이 떨어지니 아예 가지를 잘라버릴 심산인 듯하다. 나뭇가지를 자를 때마다 낙엽이 우수수 떨어졌다. 늦었다는 것도 잊어버리고 쌓이고 있는 낙엽을 한참이나 바라보고 있었다. 우수수 떨어질 때마다 가슴 한편이 허전해져갔다.

가을, 가을이다. 그리고 10월의 마지막 날이다. 왠지 아침부터 까닭 없이 울림이 있더니 이런 장면을 보려고 그랬나보다. 이 아름다운 장면에 휴~ 한숨이 나온다. 낙엽은 짧은 절정을 맞고 곧 소멸하기에 쓸쓸하다. 그래서 한시적인 삶을 살고 있는 우리 모두는 가을을 사랑하고 쓸쓸해하고, 생로병사에 천착하며 사색하는 계절이다. 눈을 들어 어디를 보아도 아름답다. 오늘은 이 아름다움과 더불어 10월의 마지막 밤이란 가사가 담긴 노래를 매스컴에서 몇 번이나 들을 것이다.

내가 고등학교를 졸업하고 재수학원을 다니던 시절 이 노래가 처음 나왔다. 사랑이라는 것도 해보지 못했기에 이별이 뭔지도 몰랐지만 우리는 재수생이라는 우리의 처지가 슬퍼서 이 노래를 무척 좋아했다. 학력고사가 얼마 남지 않았지만 음악다방에 가서 〈잊혀진 계절〉을 신청해 들으며 고독해했다. 마음에 맞는 학원친구 6명이 어울려 다녔다. 그리고 다음해에 우리들은 각각 흩어져 대학에 들어갔지만 자주 만났고 10월의 마지막 밤은 늘 같이 보냈다. 그런데 우리가 더 이상 함께하지 못할 사건이 터졌다.

우리는 그때 젊었고 사랑에 눈뜰 시기였다. 친구 A가 친구 B를 많이 좋아했는데 4년 동안이나 B는 별 반응이 없어 우리조차도 헤어진 것인지 사귀는 것인지 헛갈렸다. 그러다 6명의 멤버 중 한 명인 C가 서울로 취업이 되어 떠났다. 먼저 서울생활을 한 A와 가끔 만나 밥도 먹고 영화도 보고 지낸다는 소식이 전해졌다. 그해 10월의 마지막 밤 함께하지 않으면 큰일이 날 것처럼 그들은 서울에서, 우리는 우리가 살고 있는 소도시에서 만남을 가졌다.

그런데 친구 B가 A의 소식을 듣더니 초저녁부터 술을 마시기 시작했다. 10시가 조금 지난 후 그녀는 결국 쓰러져 119를 타고 병원에 실려갔다. 당황한 나는 A에게 전화를 했고 C와 함께 있던 A는 택시를 타고 서울에서 내려왔다. A와 C는 요즘 말로 막 썸을 타고 있는 중이었는데 옛 정이 더 애틋했었는지 그 밤에 내려와 그녀 곁을 지켰다. 그 일이 있는 후 속속들이 사정을 알았던 친구들은 A의 행동을 비난하고 전화를 한 내가 잘못했다는 의견과 사정을 잘 알면서 썸을 탔던 C가 잘못했다는 의견이 엇갈리며 우리는 서먹한 관계가 되어버렸다.

그때 우리에게 사랑이라는 실체는 절대적 강자였기에 그것으로 모임은 끝나버렸다. 그래서 난 10월의 마지막 밤을 좋아하지 않았다. 애써 외면했다. 그러다가 순리라는 것을 이해하고 운명이란 것을 믿게 되면서 그 속에 갇혀 상처받은 일을 그만두었다.

우리 모두는 의미를 부여하는 것을 좋아한다. 달력을 보면 한 달에 몇 번은 OO날이다. 무심하게 지내다가도 '오늘이 OO날이야' 하면 관심이 가고 그 의미를 한번쯤 되새기게 된다. 그러니 그 노래가 나온 지 30여 년이 흐른 지금까지도 오늘만 되면 사람들은 10월의 마지막 밤에 의미를 둔다. 나뿐 아니라 많은 사람들이 이날에 생긴 에피소드 하나쯤 있지 않을까 싶다. 특히 1980년대에 20대를 보낸 사람들은 말할 나위가 없을 것이다.

오늘밤에는 음성예총이 주관하는 버스킹 공연을 한다는 문자 메시지가 들어왔다. 내가 좋아하는 그룹도 공연을 한다. 가서 마지막 가을의 정취를 느껴보리라. 그리고 유쾌하지 못한 10월의 마지막 밤을 오늘 공연으로 덧입혀 새로운 시월의 추억 하나를 만들어보리라.

연애도 공부라니

우리가 살아가면서 늘 관심을 갖는 게 있다면 연애가 아닐까. 토크쇼에 나왔던 유명 정치인이나 인기 탤런트의 방송이 나간 후에 보면 인터넷 기사마다 그들의 연애와 사랑이 중요하게 다뤄지는 걸 볼 수 있다. 유명인의 사생활도 궁금하지만 특별히 연애라는 말에 치중한다. 우리들 저마다 그에 관심이 많다는 뜻이고 더불어 모두에게도 적용된다는 것을 증명한 셈이다.

큰아이는 연애에 젬병이다. 소질이 없는 것인지 대학교 2학년이 될 때까지 남자 친구에 대한 얘기를 들어보지 못했다. 언젠가 자기는 남자들이 좋아하는 스타일이 아닌가보다고 심각하게 털어놓은 적이 있다. 중고등학교 때부터 남자친구 사귀는 것을 기성세대조차 자연스럽게 받아들이는 걸 생각하면 걱정이 되다가도 때가 되면 어련히 알아서 사귈까 하는 마음에 별달리 신경을 쓰지 않았다.

며칠 전 시사 주간지에서 충격적인 기사를 읽었다. 픽업아티스트라는 학원이 있다는데, 여자를 픽업pick up한다는 뜻에서 유래한 말로 비싼 학원비를 내면서 연애하는 법은 물론 여자친구 관리법까지 배운단다. 이것까지는 순진한 남성들을 위한 것이라 넘어갈 수 있다고 생각했는데 그 다음이 가관이었다. 픽업아티스트라는 모종의 카페가 한두 군데가 아니고 회원도 10만 명이 넘는다고 한다. 그런데 오프라인 학원까지 겸하고 있으면서 남성들을 대상으로 일회성 만남을 유도하는 게 문제다.

낮에는 서점이나 지하철, 그리고 밤에는 클럽과 나이트에서 실습까지 한다는 말에 더욱 놀랐다. 그리고는 자기네가 얼마나 충실한 수강생이었는지 스킨십에서 키스, 그리고 잠자리까지 카페 게시글에 올려 다 같이 공유한다는 것이다. 그러니 피해를 본 사람은 여성 아니겠는가? 물론 픽업아티스트 수강생들 중 여성과 사귀어본 적이 한번도 없어 자신감과 용기를 배우는 사람도 많을 것이다. 마음에 들기는 하는데 수줍어서 말을 걸지 못하는 남성이 문을 두드릴 수도 있으니 탓할 건 없다. 단지 픽업아티스트를 통해서 피해를 본 여성들의 글을 읽다보니 허투루 넘길 문제가 아니라는 생각이 들었다.

탤런트가 사랑을 연기로 해보이는 것도 가끔은 거북스러운데 그런 직업을 가진 것도 아니면서 연애를 연기처럼 해보이는 풍조가 두렵다. 사는 것 자체가 연극이라는 표현도 있고 실제 우리는 모두 자기에게 맞는 연기를 해보이며 살지만 사랑이나 연애만큼은 아니다. 운전을 배우고 그 과정에서 주행연습도 하는 것처럼 연애도 배우면서 터득하는 시대라는 게 어쩐지 씁쓸하다. 필연 숫기가 없어서 연애에 서투른 몇몇 사람을 위해서 생겼을 시스템이 잘못 오염

된 것이라면 조속한 개선이 필요하지 않을까.

예전처럼 첫눈에 반해서 테이트가 시작되었다거나 지하철에서 버스에서 우연히 만나는 일 따위는 기대할 수도 없는 시대다. 그들이 픽업아티스트인지 아닌지를 구별해야 하기 때문이다. 사랑과 연애는 인간의 가장 보편화되고 자연스러운 일인데 그마저도 의도적인 또는 시험적 대상으로 전락했다. 자기의 테크닉 연습을 위해 누군가에게 무작위로 시험을 해보는 일을 과연 어떻게 설명해야 좋을지 모르겠다. 인간의 가장 원초적인 감정을 기만하는 것 같아 마음이 불편하다.

첫사랑에 상처를 받아 아파하는 풋풋한 청년들의 모습, 그러면서 그 시행착오로 성장해가는, 지극히 보편적이었던 우리의 젊은 시절 문화는 어디서고 찾아보기 힘든 일들이 된다면 얼마나 슬프겠는가? 사랑까지 매뉴얼로 정해두고 따라 맞춰한다면 무슨 재미로 살 것인지. 갈수록 팍팍해지는 이 시대가 정말 걱정된다.

오랜 인연

얼마 전 일본으로 여행을 다녀왔다. 친구가 유난히 보라색을 좋아해서 라벤더가 한창인 홋카이도를 선택해서 떠났다. 3박 5일 일정이었는데 패키지여행이 다 그렇듯이 다양한 사람들과 함께했다.

방학이라 그런지 가족동반으로 여행을 온 팀이 많았다. 그 중에 특히 우리의 눈길을 끄는 한 팀이 있었는데 젊은 총각과 품위 있는 어머니였다. 같이 간 친구는 사춘기의 아들을 키우고 있어서인지 유난히 그 커플에게 눈길을 주었다. 아들들도 다정했으면 좋겠는데 사춘기라 까칠하다면서 잘생기고 어머니에게 너무나 잘하는 아들을 예쁘게 보고 말을 걸더니 호구조사를 해왔다. 친구는 총각이 직업도 전문직이며 믿음직스러우니 그냥 놓치기 아깝다며 자꾸만 우리 큰애와 엮으려고 하였다. 그 다음날도 애인이 없다는 정보를 가져오며 만나게 하자고 했다.

돌아오는 날 공교롭게도 딸아이한테서 메시지가 왔다. 공항으로 마중 나온다는 연락이었다. 그 소식을 들은 친구가 큰아이한테는 말을 하지 말고 공항 식당에서 저녁을 같이 먹자고 제안했다. 그 총각과 어머니도 그러자고 했다. 공항에서 식사 후 호감을 보인 총각은 친구를 통해 딸아이 연락처를 받아갔다. 총각은 되짚어 괌으로 친구들과 여행을 떠나면서 다녀와 큰애한테 연락을 한다고 했단다. 큰애가 너무 예쁘고 나이 차이도 있다고 자신 없어 하는 것을 "용기 있는 자만이 미인을 얻는다"고 했다면서 친구는 마치 중매쟁이라도 된 듯 들떠 있었다. 그런데 그 인연은 거기서 끝이었다. 나중에 큰애한테 미안해서, 사실은 이리저리해서 너도 모르는 사이 선을 보게 되었다고 했더니 쿨하게 "괌에서 더 좋은 사람들을 만났나보네" 하고 지나갔다.

지난 주에는 도서관에서 인문학 강의를 했다. 수필작가로 활동한 지 20여 년이 되었지만 글을 쓰는 사람들 앞에서 어쭙지 않은 실력으로 인문학을 강의하는 것은 처음인지라 많이 긴장이 되었다. 오랫동안 문학 소모임 활동부터 해왔던 터라 친한 문우들이 많았다. 그들에게 내가 얼마나 마음의 부담을 안고 이 강의를 준비하고 있는지를 얘기했다. 그러자 다들 참여해서 함께 있어주겠다고 용기를 북돋아주었다. 그런데 막상 당일이 되자 이런저런 일이 있어 오지 못한다는 문자들을 보내왔다. '화창한 가을날, 게다가 토요일 오후이니 약속들이 왜 없겠는가? 서운해하지 말자, 그럴 수 있다', 스스로 납득하면서 도서관으로 갔다. 그리고 강의를 듣겠다고 온 사람들을 보고 커다란 깨달음을 얻었다.

내 강의를 듣겠다고 온 이십여 명 남짓한 사람들 중 협회 사람들도 여기저기 눈에 띄었다. 그러나 그 중 단 한 명도 내가 오리라고 생각한 사람들이 아니었다. 마음속으로 꼭 오리라 꼽아보았던 사람들도 아니었고, 혹시 올지도 모른다며 기대를 했던 사람들도 아니었다. 늘 가볍게 스쳐지나갈 인연으로만, 같은 단체에 소속한, 그래서 만난 인연으로만 생각했던 분들이었다. 그 중 한 분은 예쁜 꽃다발까지 준비해왔다. 강의에 집중할 수 없을 정도로 많은 생각이 머릿속에서 오고갔다. 그분들이 오지 않았다면 강의실은 썰렁했을 것이다. 예견할 수 없는 것이 삶이라지만 생각지도 못했던 사람들이 내 삶의 중요한 한자리를 차지했다. 참으로 오랜만에 삶이 흥미진진하다는 생각을, 미래에도 어떤 일들이 기다리고 있을지 모르니 힘차게 나아가보고 싶다는 생각으로까지 확대되면서 활력 있게 며칠을 보냈다.

나에게 중요한 사람은 늘 만나던 사람들만이 아니었다. 작은 인연도 소중히 여기며 나를 위하여 시간을 할애해준 그런 분들도 귀한 인연이었다. 어디든 인정이 있고 그 인정의 샘이 마르지 않는 한 우리는 외롭지 않을 거라는 생각이 따스한 봄바람처럼 지나간다.

어제 문학회 행사가 있어 그분들을 다시 만났다. 강의료가 입금되어 작은 핸드크림을 포장해 내 마음을 전했다. 앞으로도 그분들과 소중한 인연을 잊지 않고 새로운 만남으로 생각하며 한 켜 한 켜 정을 쌓아가려고 한다.

인생은 선택

어제는 내 생일이라고 아이가 내려왔다. 작은아이가 친구와의 통화가 유난히 길어 무슨 일이 있나 걱정이 되었다. 큰아이 친구들은 가끔씩 안부 전화도 하고 얼굴을 보기도 하는데 작은아이 친구들은 이름만 알고 있다. 친구 안부를 물었더니 흥분해서 이야기를 했다. 그 친구 때문에 통화가 길어진 모양이다. 대기업과 중소기업 두 군데에 동시에 합격을 했단다. 두 군데 다 누구나 들으면 알 만한 기업이었다. 요즘같이 취업하기 힘든 때 얼마나 좋겠냐고 축하의 말을 전했다. 그런데 작은아이가 그 이야기를 꺼낸 이유가 있었다. 자기 같으면 고민할 필요도 없이 대기업에 갔을 것인데 그 친구는 고민하다 중소기업으로 갔다고 했다. 이유가 뭐냐고 물었더니 기업의 가치와 자신의 신념이 맞는다는 것이 가장 큰 이유였단다.

저녁상을 물리고 치킨과 맥주를 마시면서도 그 친구의 선택에 대한 이야기로 갑론을박을 나눴다. 큰아이는 요즘 세상에 좀처럼 보기 힘든 멋진 아이라며 꼭 성공을 하겠다고 했고, 나는 양손에 떡을

쥐었으니 둘 중에 하나를 선택할 수 있어서 좋을 것이고 부럽다는 표현을, 남편은 혹시 경쟁을 두려워하는 소심한 성격의 아이냐고 물었다. 각자 자신의 입장에서 평가하고 있었던 것이다. 그 아이의 선택은 일생일대의 큰 획을 긋는 선택이었을 것이다. 자신의 선택에 행복해할지 후회할지는 아직 모른다. 그 결과는 10년 후 아니 어쩌면 그보다 훨씬 뒤에 알게 될 수도 있다. 하지만 소신껏 선택을 했으니 최선을 다해 살아갈 것이라는 생각은 한다.

얼마 전에 교육을 갔다가 들은 이야기다. 소크라테스에게 한 학생이 물었다고 한다. "스승님, 인생이란 무엇입니까?" 그러자 소크라테스는 제자들을 데리고 사과나무가 있는 숲속으로 갔다. 그리고는 "숲 끝까지 걸어가면서 마음에 드는 사과를 하나씩 골라오라"고 했다. 그리고 선택한 뒤에는 되돌릴 수 없다고 덧붙였다. 선택은 단 한번뿐이었던 것이다. 그러자 제자들은 각자 사과를 관찰하며 나름 가장 크고 좋은 것을 고르려고 노력했다. 미리 숲 끝에 도착해 있던 소크라테스 앞에 제자들은 사과를 가지고 모였다.

"마음에 드는 사과를 골랐느냐?" 묻자 한 학생은 숲에 막 들어섰을 때 정말 좋은 사과를 발견했단다. 그런데 더 크고 좋은 것을 찾으려고 숲 끝까지 왔는데 처음 봤던 것이 가장 좋았다고 했다. 또 다른 학생은 숲에 들어서자 제일 크고 좋다고 생각한 사과를 골랐는데 나중에 보니까 더 좋은 사과가 있어 후회한다는 이야기를 했다. 그러면서 다시 한번 고르면 안 되겠느냐고 했다고 한다. 그러자 소크라테스가 웃으면서 말했다.

"그게 인생이다. 인생은 언제나 단 한번의 선택으로 이루어진다."

소크라테스의 말대로라면 처음에 성공하는 인생과 나중에 성공하는 인생이 있지만 예측을 하지 못하는 것이 삶이다. 적정 시기에 요행히 골인하는 경우는 일명 행운이라고 하고 뒤늦게 뭔가를 이루는 사람은 대기만성형인데 어떤 경우든 딱 한번뿐인 게 인생이다.

미국의 시인 프로스트는「가지 않은 길」이란 시를 썼다. 오래된 시이지만 그 시로 아직도 우리에게 프로스트라는 시인을 기억하게 한다.

"노란 숲 속에 두 갈래 길이 있었습니다./ 나는 두 길을 다 가지 못하는 것을/ 안타깝게 생각하면서/ 오랫동안 서서 한 길이 굽어 꺾여 내려간 데까지/ 바라다볼 수 있는 데까지 멀리 바라다보았습니다.

(중략)

먼먼 훗날에 나는 어디선가/ 한숨을 쉬며 이야기할 것입니다./ 숲 속에 두 갈래 길이 있었다고,/ 나는 사람이 적게 간 길을 택하였다고, /그리고 그것 때문에 모든 것이 달라졌다고."

밤 늦게까지 기분 좋게 오른 취기로 각자 나름의 선택에 대한 철학을 이야기했다. 작은아이에게 "앞으로 어떤 선택을 하든지 응원할 것이다. 너의 선택에 책임을 지고 순간순간을 영원처럼 살아가라" 하고 엄마로서 뻔한 당부의 말도 잊지 않았다.

그래도 매너

기차를 처음 타본 것은 초등학교 4학년 때 언니 오빠가 공부하고 있는 K시를 가면서였다. 집 앞에서 K시까지 가는 직통 버스가 있어 늘 버스를 이용했다. 그런데 한번은 K시를 가다가 멀미를 하고 토하는 바람에 옆사람 옷을 망친 적이 있었다. 그 후로 엄마는 집 앞에서 버스를 타고 40분 이동해서 갈아타야 하는 번거로움을 감수하고 나를 데리고 갈 때는 기차를 탔다.

완행열차는 좌석이 정해져 있는 것도 아니라서 먼저 타서 자리를 잡는 사람이 임자였다. 엄마는 나를 앉힐 생각으로 일찍 출발해 미리 줄을 섰다가 자리를 잡아주셨다. 간이역을 다 들러서 가면 아침에 출발해도 점심 때가 되어야 도착하고는 했는데, 간이역에 설 때마다 오르내리는 사람들과 풍경을 구경하는 것이 여간 재미있는 것이 아니었다. 기차를 타고 싶은 생각에 방학 때마다 언니들에게 가겠다고 엄마를 졸랐다. 나에게 기차란 추억이고 낭만이고 여유로움이었다. 거기에 엄마가 가신 후로는 그리움까지 더해진 것이 기차

여행이다.

어른이 된 후로는 기차를 탈 일이 별로 없었는데 이번 학기에 KTX를 타고 강의를 간 덕분에 일주일에 한번씩 기차를 탄다. 예전 완행열차와는 비교가 되지 않는 속도다. 시속 200㎞ 이상을 달리니 자동차로 2시간 30분 갈 거리를 50분이면 도착한다. 이번 학기에는 기차 덕분에 행복한 한 학기를 보냈다. 창가에 스치는 풍경으로 계절의 변화를 볼 수 있고 과거와 현재와 미래의 타임머신을 타고 사색을 즐길 수도 있어 좋았다. 하지만 가끔 이렇게 좋은 기차여행도 옆사람에 의해 불쾌할 때가 있다.

한번은 창가 쪽 내 좌석에 어떤 남자분이 앉아 있었다. 내 좌석이라 했더니 옆자리에 그냥 앉으라고 말도 하지 않고 손가락으로 가리켰다. 불쾌하지만 참고 앉았는데 이번에는 팔걸이에 팔을 올리고 반쯤은 내 쪽으로 넘어오고 다리도 벌려 내 쪽으로 침범을 하고도 아무렇지도 않는 듯 태연했다. 불쾌했지만 아침이라 몸을 웅크리고 참았는데 조금 있다 역무원이 와서 표 검사를 하니 입석을 가진 사람이었다. 역무원이 데리고 나갔는데 잠시 후 다시 왔다. 내가 창가 내 자리로 가서 옆 자석에 가방을 놓았는데 가방을 치워달란다. 쳐다보니 아까 자기가 앉지 않았느냐고 한다. 딴청을 피웠더니 다른 빈자리로 가서 앉았다.

매너가 좋은 사람은 어디서든 환영을 받는다. 우리가 어렸을 때부터 아이들에게 예절교육을 시키는 것은 남들에게 좋지 않는 인상을 주어 인격까지 평가받게 하지 않기 위해서다. 어느 부모도 마찬가지겠지만 나 또한 아이들을 키울 때 밖에 나가면 늘 우아하게 행동하라고 가르쳤다. 그 덕에 아이 별명이 '우아미'가 되었지만 사람과의 관계에서 남에게 피해를 주지 않는 것이 중요하다는 생각으로 살아왔다. 겉으로 보이는 것은 곧 그 사람의 내면이다. 그래서 보여지는 것과 속마음은 같다고 생각한다.

지난 주 읽었던 책의 내용이 생각난다, 어느 대기업 사장이 다년간 신입사원들을 보고 내린 결론이 있다고 했다. 매너가 좋은 젊은이들이 일도 잘하고 회사가 원하는 인재상으로 성장한다는 것이었다. 매너가 능력보다 우위였던 셈이다. 타인에게 배려 없이 행동하는 사람은 어디서도 환영받지 못하지만, 매너가 좋은 사람은 누구에게나 호감을 얻는다.

우리나라 속담에 '세 살 버릇 여든까지 간다'는 무서운 말이 있다. 어릴 때부터 사람들과의 관계에서 예의를 지키는 에티켓 교육의 필요성을 대변하는 속담이다. 우리는 사람들을 만날 때 말에서, 행동에서 금방 그 사람을 알아차리게 된다. 그러기에 사람을 만나면 5초 안에 상대방 이미지가 결정된다고 주장하는 사람도 있다. 현대를 살아가는 우리는 타인을 만나면 자신을 각인시키는 일을 중요하게 생각해서 여러 가지 호감가게 하는 행동들을 하게 된다. 하지만 그에 못지않게 상대방에게 불쾌감을 주는 행동이나 언어를 자제하는 것 또한 중요하다.

다음 학기에도 기차를 탈 것 같다. 기차에서의 사색 50분, 나의 소확행(작지만 확실한 행복)이 기다려진다.

제3장

오월의 신록 같은

5월이다. 계절의 여왕이라는 단어에 맞게 푸르른 신록이다. 이맘때가 되면 피천득님의 「5월」이라는 시를 읊조린다. 오월에 대한 시인의 느낌이 전문에 드러나 있다. 서두에는 찬물로 갓 세수한 청년의 얼굴로 표현했고, 하얀 손가락에 끼어 있는 비취가락지라고도 했다. 그리고 마지막으로 푸른 오월 속에 있으니 나이를 세어 무엇하랴면서 탄식 비슷하게 노래했다.

출근길에 보이는 모란이 아름답다. 지금은 아무도 살지 않지만 친정집 화단에 여전히 곱게 피어 있을 모란이 오버랩되어 쓸쓸하다. 많은 사람들이 오월을 예찬하지만 오월이 되면 가끔 쓸쓸함을 지나 슬픈 정서가 밀려오기도 한다. 친정집 주변에 있던 여러 과일나무 꽃이 지면 이어서 모란꽃이 가득 피곤 했던 친정집 화단이 떠오르는 탓이다.

5월이면 꿈도 자주 꾼다. 뒷산에 올라 숨이 차도록 뛰어다니는 나를 만나고는 한다. 깨고 나면 어쩐지 허망했다. 평소 잘 꾸지도 않는데 나이를 먹어도 오월에 꾸는 꿈은 거르지 않는다. 남모를 향수가 오월을 더욱 푸르게 한다.

어버이날이라고 큰아이가 서울에서 내려왔다. 앨범을 꺼내보면서 사진 속 상황을 묻고 그 사진들을 핸드폰으로 다시 담아 작은아이에게로 보내고 있었다. 그 사진 속에는 젊디젊은 내가 아이들 운동회날 긴 머리를 날리며 무용을 하고 있었고, 훤칠한 모습의 남편도 모래주머니를 들고 트랙을 달리고 있었다. 사진 속의 젊고 환한 미소의 남편과 내가 마치 딴 사람 같다.

큰아이는 젊은 시절 엄마와 자신이 너무 닮아 구별 못하겠다고, 옷 입은 스타일도 비슷하다고 연신 떠들었다.

사진들 속에 친정엄마도 계셨다. 아이들을 안고 찍은 사진이다. 돌아가신 지 오래 되어 가끔 기일을 전후에 추억하지만 바쁘다보니 친정 부모님 생각은 갈수록 희미해져간다. 사진을 마주하니 큰 잘못이라도 저지른 사람처럼 흠칫 놀라 나도 모르게 눈물이 났다.

친정이 멀다보니 어버이날이라고 찾아가는 일도 별반 없었다. 선물을 보내거나 전화로 대신하고는 했다. 누구나 그러하듯 애들 어릴 때는 경제적으로도 넉넉하지 않아 어린이날에 이어서 양가 부모님까지 챙기다보면 오월은 늘 팍팍하게 지나갔다.

거실에 큰딸이 사온 카네이션 꽃이 웃고 있다. 나도 어느 새 부모님 나이가 되어서 효도의 꽃을 받는 나이가 되었다. 세월이 흐른 지금 부모님이 살아 계시다면 많은 것을 해드릴 수 있을 것 같은데 아쉬움을 추스를 새도 없이 딸에게 선물을 받고 있다.

생각이 많다. 사랑은 대물림인 것 같은데 효도는 후회로 얼룩진다. 어머니가 내게 사랑을 물려주신 것처럼 나 또한 사랑을 물려주면서 딸을 키웠다. 부족하지만 딸에게는 내게 있는 모든 사랑을 퍼주었다. 어머니 역시 어머니의 어머니에게는 소홀했어도 내게는 넘치는 사랑을 물려주셨다.

5월은 사랑과 감사의 달이다. 카카오톡으로 보내주는 글들도 감동적이다. 카네이션을 달아드리게 된 유래와 아내를 사랑하는 남편에 관한 글, 돌아가신 부모님에게 뒤늦게 전하는 사랑의 글 등 지금까지 다양한 감사와 사랑의 글을 받았다. 그래도 한편으로는 못다 한 사랑이 뭉클하다. 딸들에게도 부모님께도 좀 더 사랑을 나누지 못해 아쉽다. 아무리 주어도 모자라는 아쉬움이 있다.

코로나19 속에서 맞는 두 번째 봄이다. 내년에는 마스크를 벗고 사랑하는 가족들과 금방 세수한 청년 같은 오월 속에서 마음껏 즐기고 싶다. 유리창을 여니 금방 신록이 더욱 짙어진 것 같다. 유월은 녹음으로 우거질 것이고 칠월에는 정열의 태양이 우리에게 또 다른 날들을 살게 할 것이다. 앞으로의 시간들이 시련보다는 희망찬 날들이기를 간절히 소망해본다.

5분 모녀

청소년기는 질풍노도의 시기이다. 우선은 신체적 변화와 정신적 변화가 가장 많은 게 특징이다. 그 위에 충동적이고 감정의 기복이 심해서 흥분을 잘하는가 하면 공격적이라고도 한다.

청소년기의 특징을 알면서도 작은아이랑은 원만한 대화를 이끌어가지 못하던 때가 있었다. 주말에 기숙사를 찾아가서 만나면 적조했던 얘기를 나누고 수다를 떨다가 5분이 지나면 그때부터 싸움이 시작된다. 이번에 만날 때는 그러지 말아야지 하다가도 막상 부딪치면 똑같은 상황이 반복된다. 그래서 우리는 '5분 모녀'다.

대학시절의 은사님은 강의를 하실 때 그런 말씀을 하셨다. 그분은 1970년대 당시로서는 드물게 미국 유학을 다녀오신 분이다. 혼자 힘으로 공부를 마칠 수 있었던 것은 어머니 때문이라고 하셨다. 말다툼을 할 때마다 이기는 방법을 알려줬다고 한다. 그 어머니는 자식이라 해도 특별히 딸의 주장을 충분히 내세울 수 있는 분위기를 만들어주고 그 말을 수용하려고 했단다. 그리고는 우리에게도 딸을 낳거든 싸움꾼으로 만들되 엄마한테 정정당당히 맞서게끔 유도하라고 당부하셨다. 불손하게 대하라는 것은 아니고 자기 생각을 정립하고 표현할 수 있는 힘을 키워주라는 게 말씀의 요지다.

교수님이 살던 시대는 여자가 활동하는 것이 지금보다 여의치 않을 때다. 여자가 유학을 간다는 자체가 강한 의지와 노력이 필요했을 거란 짐작은 어렵지 않다. 지금은 많이 달라졌지만 여자에 대한 차별의식은 남아 있기에 나도 각별한 마음으로 두 딸을 키우려 하고 있다. 토론을 할 때도 대화를 잘 이끌어가게 하는 것은 물론 엄마인 나를 능가할 수 있도록 나름대로 고심해왔다.

며칠 전 청소년병원에 들른 적이 있다. 아이가 치료받는 시간이 길어서 병원 로비에서 한 시간여를 기다리고 있을 때였다. 뜨개질을 하고 있는 내 옆으로 첫 번째 모녀가 앉았다. 시작은 참 좋았다. 두 모녀는 소곤소곤 웃으면서 얘기를 시작하더니 5분이 지나자 "뭐야~ 누가 엄마한테 그렇게 말하라고 가르쳤어?"라는 말과 함께 금방 얘기가 중단되고 말았다. 침묵이 흐른 뒤 간호사가 이름을 부르자 그들 모녀는 진료실 안으로 들어갔다. 잠시 후 또 다른 모녀가 자리에 앉는다. 그들 모녀 역시 처음은 얼굴만큼이나 예쁜 얘기들이 오고가더니 아니나 다를까 체 10분도 되지 않아 "야~ 얼굴만 이쁘면 뭐하냐? 머리에 든 것이 있어야지"로 싱겁게 끝나버리지 않는가.

이어 그들 모녀가 자리를 뜨고 3번째 모녀가 앉는다. 이번에는 친구 같은 모녀다. 제법 우아하게 차린 엄마를 보면서 저 집은 좀 다르려나 했더니 역시 5분쯤 지나자 결국 엄마가 손부채로 얼굴의 열을 식히더니 밖으로 나가버리고 아이는 핸드폰을 만지작거리고 있다. 속으로 얼마나 웃음이 나던지…. 우리 집뿐 아니라 사춘기 딸아이를 키우는 대부분의 엄마는 별반 다르지 않구나.

지금은 언제 그랬나 싶게 훌쩍 커서 친구처럼 지낼 때마다 그 즈음의 다툼이 새삼스럽게 떠오르곤 한다. 하지만 성인이 된 지금도 작은아이와는 평화로운 대화를 나누기가 어렵다. 유독 작은아이와 5분 모녀로 지내는 것을 보면 성격 탓도 있는 것 같다. 청소년기가 지났지만 아직도 작은아이와 5분 모녀로 살아가고 있다

딸과 함께

대학을 졸업하고 3년, 취업준비생으로 마음고생을 하던 큰아이가 드디어 취업을 했다. 말은 못하고 있었지만 오랜 체증이 내려간 듯하고 세상이 아름답게 보이는데 당사자인 딸은 오죽할까? 모든 사람들이 취업이 어렵다 해도 우리 딸만큼은 아니겠지 하는 생각을 했었다.

한해가 지나고 또 다음해가 되자 아이는 불안해하는 기색이 역력했다. 나도 내색은 못했지만 걱정이 되었다. 그리고 3년째인 올해로 접어들자 아이는 하고 있던 공부에 자신이 없었는지 다른 쪽으로도 학원을 다니며 모든 일에 극도로 예민한 반응을 보였다. 온 집안 식구가 딸아이에게 상처받는 말이라도 할까 조심 또 조심하며 보냈다.

취업이 결정되고 내려온 딸과 와인을 마셨다. 사실 아이가 취업하면 마시겠다고 아이 졸업식에 갔다가 달달한 아이스와인을 구입했었다. 그런데 취업이 늦어지자 혹시 상심할까 한쪽 귀퉁이에 숨겨두었던 와인이다. 가족과 축하 와인을 마시며 이제 취업을 했으니, 시간을 함께 보내기가 어려울 듯해서 여행 계획을 세웠다. 처음에는 해외로 일정을 잡았으나 지구촌 어디를 가도 더위로 몸살을 앓고 있다는 뉴스를 접했고 여행이 고행이 될 것 같았다. 또한 큰아이 입사 날짜가 정해져서 그 전에 편하게 쉬게 해주고 싶어 호캉스(호텔에서 즐기는 휴가)로 결정을 했다.

첫째 날은 짐을 풀고 점심을 먹고 서점에 들러서 각자 읽고 싶은 책 3권씩을 사서 들어왔다. 그리고 저녁시간에 예약한 영화를 보러 가기까지 시원한 호텔방에서 독서삼매에 빠졌다. 다음날, 호텔 근처에 세계문화유산으로 지정된 조선 11대 왕 중종이 안장된 정릉이 있었다. 호텔에서 내려다보니 경관이 너무 아름다워 산책 겸 10시 이용시간에 맞춰 올라가보았다.

왕릉 근처까지 갔다가 5분도 채 되지 않아 포기하고 땀이 범벅이 된 채 돌아왔다. 유사 이래 최고 더위로 40℃를 넘겼다는 뉴스, 어미닭을 대신해서 더위가 알을 품어 베란다에서 병아리가 깨어 나왔다는 소식 등 더위로 인한 새로운 소식들이 연일 포털사이트에 1순위로 검색되고 있다. 그 더위를 내가 직접 마주한 느낌이었다. 정릉 행으로 녹초가 되어 호텔방에서 쉬다가 뮤지컬 〈프랑켄슈타인〉을 봤다.

영국 출신의 여성작가 메리 셸리Mary Shelley의 원작 소설을 우리나라에서 만든 창작 뮤지컬이라 더 의미가 있었다. 재미있다는 입소문을 듣고 예매했는데 한밤의 더위를 식혀주는 더할 나위 없는 재미를 선사했다. 뮤지컬 시작 전 여유 있게 일찍 도착해서 휴게실에서 차를 마시며 기다렸다. 총 1,700여 석이 매진되었다고 한다. 좋은 공연을 보겠다고 모여드는 사람들을 보니 나처럼 큰맘먹고 움직이지 않아도 되는 서울사람들이 이럴 때는 부럽다.

관객들을 살펴보니 단연 여성들이 많았다. 20대 30대 젊은층은 연인들이 많았고, 아주 드물게 부부가 온 경우도 있었다. 중고등학교 남학생들은 억지로 끌려온 듯 핸드폰에 시선을 고정한 채 기다리고 있었다. 친구(여성)끼리 오는 경우가 많았지만 단연코 가장 많은 커플은 딸과 엄마였다. 여기저기 다정한 모녀들을 만날 수 있었다. 그러니 요즈음 딸이 없으면 '목메달'이라고 한다는 시쳇말을 실감했다. 50~60대 엄마들에게 문화적인 것을 같이 향유하고 싶은 딸들의 배려로 보였다.

예전 어렸을 적에 할머니가 하시던 말씀이 생각난다. 할머니는 가끔 "배워서 남 주나? 딸 낳아서 남 주지" 하는 남아선호 사상적 발언을 하셨는데 그 시대 여성은 시집을 가면 친정과는 멀어진다는 생각을 했었던 것이다. 이런 시대에 태어나지 않은 우리 딸은 참 다행한 일이지만 그래도 아직 여성에 대한 편견과 싸우며 살아가야 하는 것은 사실이다. 앞으로 내 딸들은 그녀들의 딸과 더 좋은 세상에서 함께 살아가기를 바라본다.

2박 3일의 짧은 호캉스는 호사스럽게 끝나고 일상으로 돌아왔다. 돌아갈 집이 없으면 여행이 아니라고 한 말을 실감한다. 아무리 호텔이 좋아도 돌아와 안방 침대에 누우니 행복하다. 여전히 더워서 에어컨을 켜야 하나 선풍기로 견딜까 하는 현실적 고민을 하지만 그래도 가장 편한 것은 우리 집이다.

엄마 말씀이 진리

지난 2월 쌍둥이 배구선수들의 학교폭력이 기사화된 이후 세상이 무척이나 시끄럽다. 학생으로서 과연 그런 일을 저지를 수 있을까 싶을 정도의 심각성에 놀랐다. 스포츠계 연예계 등에도 또 다른 파장을 일으켰다. 현재 유명인들의 학창시절 당시, 그들에게 폭력을 당한 피해자들이 사건을 표면화시키면서 뒤늦게 밝혀지기 시작했다. 하필이면 새 학기를 맞는 3월이라 더욱 심란스럽다.

엊그제 모처럼 가족들이 함께 식사를 했다. 화제는 자연히 그 내용으로 이어졌다. 큰아이 작은아이 모두 그런 얘기를 들을 때마다 새삼스럽게 학창시절을 돌아보게 된다고 했다. 그러면서 하는 말이 '친구들과는 사이좋게 지내야 한다'는 엄마 말씀이 진리였음을 이제야 알게 되었다며 웃었다.

시국이 그런 만큼 친구들과 만날 때도 학교생활을 이야기하게 된단다. 그때 학교폭력을 행사했던 아이들이 지금 저 상황을 본다면 무슨 생각을 할까? 혹시 자신은 유명인이 안 되어 참 다행이다 하고 안도할까? 하면서 조크 아닌 조크를 주고받는다고 했다.

언제부터 우리 사회가 이렇게 학교폭력 문제로 시끄러워졌는지 모르겠다. 아무리 생각해도 우리 학창시절에는 폭력이나 왕따 기억이 별로 없다. 학생 신분에 어긋난 일이라야 남학생 같은 경우 담배를 피우거나 개인적으로 영화관에 드나드는 정도였다. 여학생들은 규정보다 머리를 더 기르거나 교복을 꼭 끼게 입다가 들키고 혹은 공부하기 싫어서 가출했는데 부모님이 데려왔다는 정도였다. 마침내는 무단결석 때문에 정학 처분을 받는 일이 고작이었다.

그러던 것이 이제는 정신적으로 괴롭히는 것은 물론 집단폭력까지 일삼는다니 기도 차지 않는다. 피해학생들은 부모님께도 알리지 못한 채 우울증에 시달리고 자살까지 하게 된다면 범죄 이상의 수준이다. 무사히 졸업을 해도 트라우마 때문에 직장과 사회생활까지 어려워지는 사례가 많다니, 학생들의 폭력, 왕따 문제가 가뜩이나 코로나로 힘든 우리의 마음이 더 어수선하다.

며칠 전 큰조카와 통화할 일이 있었다. 심기가 영 불편한 목소리였다. 유치원생 아들이 얼굴이 벌겋게 되어 와서는, 친구의 플라스틱 야구 방망이에 맞아서 코피를 쏟았다고 한다. 선생님께 말씀드렸느냐고 물었더니 친구가 혼날까봐 그냥 코피가 났다고 둘러댔다는데, 그 말을 듣고 연락했더니 대단치 않게 여기더란다. 문제의 아이 엄마도 우리 아이는 전혀 그런 적이 없다고 하면서 CCTV 확인을 요구했다.

다음날 경찰을 불러 양쪽 부모님과 선생님 입회 하에 CCTV를 확인했다. 확인 결과 멀쩡히 잘 놀던 중 상대방 아이가 휘두르는 방망이에 맞았고 그 아이는 뛰어가서 공을 줍고 있었다. 그와 동시에 고꾸라지더니 코피를 쏟고 놀란 손주아이가 선생님을 불렀다. 이어 선생님이 부랴부랴 달려오는 장면까지 찍혀 있었고, 모든 게 사실로 밝혀져 서로 사과하며 끝났다고 했다.

그 어린것도 친구를 생각해서 숨겨주려고 선생님께도 사실을 감췄는데 뜻밖에 일이 커졌다. 부모로서는 그냥 묻어두려도 거짓말한 게 될 테니 밝힐 수밖에 없었다. 그 애도 일부러 휘두른 것은 아닐 테니 서로서로 잘 해결된 폭이다. 항차 유치원생도 친구를 위해 좋게좋게 무마하려 했다. 그런데 현재 이슈가 되고 있는 그 사건들을 보면 우리 아이들의 인성이 대관절 어디서부터 잘못되어온 것인지를 생각하게 한다.

우리에게 학교는 추억의 공간이었다. 졸업하고 나니 라일락 피는 운동장이 그립고 함께 뛰놀고 공부하던 친구도 참 보고 싶었다. 학교폭력을 경험한 아이는 추억은커녕 생각하기도 싫을 것이다. 직접 피해자는 아닐지라도 학교가 즐겁고 공부가 재미나야 될 아이들로서는 불행이다. 공부가 전부인 세상을 만들어버린 어른들 때문인지, 작기는 하지만 학교 또한 계급론에 입각한 조직이다. 알게 모르게 경쟁심과 서열의식이 정해지면서 그런 일이 속출하는지 모르겠다.

학교를 다니면서 소소한 다툼은 있을 수 있으나 졸업하고도 10년이 가깝도록 앙금이 남아 있으니 그 당시 심정이 어떠했을지 미루어 짐작이 간다. 모모라 하는 유명인들 또한 그 일이 없었다면 승승

장구 하고 있을 텐데 지울 수 없는 오점을 남겼다.

3월이다. 코로나 시국이기는 하지만 설레는 입학 시즌이다. 코로나로 인해 1년을 잃어버린 아이들이다. 모처럼 그리운 친구들을 만나 제대로 된 수업을 받으면서 왕따, 폭력 걱정 없이 학교 구석구석을 마음껏 누비며 행복했으면 좋겠다.

이 봄에는 나의 꿈과 우리의 희망과 세상에 대한 배려가 함께 공존하는 그런 봄이 되기를 소망해본다.

가끔은 이런 휴식도

날씨가 왜 이리 변했느냐고들 한다. 입춘이 지났는데 동장군이 기승을 부린다. 일주일 내리 춥다가 하루 이틀 포근하고 다시 추워진다. 이상기온으로 인해 한 달 이상을 감기와 싸우는 사람이 늘어나고 있다. 따뜻한 봄날이 벌써 그리워진다.

살다보면 생각하지 못한 이유로 계획이 어긋나는 일이 가끔 생긴다. 최근 들어 두 번째다. 지난 번 해외여행 때는 함께 가기로 했던 두 명이 독감에 걸려 여행 당일 취소를 해서 후배와 둘만 다녀왔다. 지난 주에는 넷째언니네 가족과 모이기로 했다. 어린애가 딸린 조카들은 한파에 움직이기 힘들고, 우리 딸아이들은 감기가 걸렸다고 연기하자는 의견들을 가족 톡에 올렸다. 이미 리조트 예약은 끝났고, 시간도 내어뒀으니 언니와 둘이서 2박3일 일정을 소화하기로 했다. 나야 움직이는 것을 싫어하는 사람이라 리조트에서 뒹굴며 보내는 것에 만족하지만 운동중독에 걸린 언니는 나와의 여행이 별로 달갑지 않았을 것이다. 언니는 둘만 가는 여행이니 아무것도 가져가지 말고 리조트에서 사서먹고 홀가분하게 보내자고 했다. 평소 여행을 가서도 남편, 손자들, 거기에 우리 식구들 뒤치다꺼리도 늘 언니 몫이라 나도 적극 찬성했다.

주말 한파에 리조트 내부 온도는 21도를 넘지 않았다. 중앙난방이라 온도를 조정할 수 없어 낮에도 이불을 덮고 있어야 했다. 따뜻한 집 두고 여기서 뭔 짓이냐고 투덜거리면서 언니도 나도 추우니 집으로 다시 가자는 말은 하지 않았다. 그러면서 언니는 "뭐하고 놀까?" 하는 말을 몇 분에 한번씩 내뱉고는 하였다. 막상 둘만 오니 뭔가 허전했던 모양이다.

바쁜 일상에 지치면 나는 꼼짝 않고 집에서 뒹구는 것이 휴식이다. 이것은 어린 시절에도 마찬가지였던 것 같다. 누구랑 어울려서 노는 것을 별로 좋아하지 않았다. 집에서 책을 보거나 혼자 마당에서 돌치기, 구슬치기를 하면서 놀아도 심심하다는 생각은 없었다.

초등학교 때 방학이면 대처로 공부하러나간 언니가 돌아왔다. 특히 긴긴 겨울밤이면 언니와 나, 작은오빠, 할머니와 한 이불을 덮고 나란히 누웠다. 언니가 들려주는 무협소설은 흥미진진했다. 또한 언니가 대처에서 보았던 영화 이야기를 들려주면 창호지를 바른 방문으로 긴 감나무 그림자가 드리워 이야기의 배경이 되었다. 언니의 영화 이야기가 끝나면 그 뒷이야기를 상상하면서 쉽게 잠들지 못했다. 내 유년에서 가장 아름다웠던 겨울밤 추억이다.

참으로 오랜만에 언니와의 추억을 만들었다. 우리는 끝임 없이 웃고 떠들고 영화 이야기, 책 이야기, 고향 사람들의 최근 소식 등

지칠 줄 모르고 나누었다. 아침에는 창이 넓은 거실에서 커피 잔을 들고 멀리 나갔다 들어오는 바다를 맞이하고 저녁이면 아름다운 석양을 감상했다. 잠자리에 누우면 파도가 자장가를 들려주고, 오랫동안 그 파도소리에 심취해 언니와 잠깐 대화를 멈추고는 했다.

한 통계자료에 의하면 나이를 먹을수록 자식을 만나는 횟수보다 형제자매를 만나면서 의지하고 지내는 사람들이 많다고 한다. 시어머님만 하여도 멀리 있는 우리보다는 가까이 사시는 시이모님과 훨씬 더 자주 만나면서 살고 계신다. 어머님 말씀이 예전에는 당신이 이모님을 돌봤는데 지금은 이모님이 손발이 되어준다는 말씀을 자주 하신다. 며느리인 나로서도 늘 이모님이 고맙다.

2박 3일의 리조트 여행은 여유롭고 한가했다. 연일 터지는 어지러운 뉴스를 듣지 않아서 좋았고 무엇인가 해야 한다는 강박관념을 벗어나 멍 때리며 보낼 수 있어서 잊지 못할 휴가가 되었다. 언니와 나는 아이들과 남편이 메워주지 못한 허전한 부분을 채워주며 황혼의 길동무로 살아갈지 모른다. 우리의 그리운 유년시절과 지금은 저세상에서 살고 계신 엄마와 아버지를 추억하면서 말이다.

책임을 면피하다

딸아이들이 어버이날 선물로 가수 조용필 콘서트 티켓을 선물했다. 티켓 오픈하고 순식간에 매진이 되어버려서 나란히 앉는 좌석을 구입하지 못해 남편은 1층 바닥 좌석을 나는 2층 좌석을 예매했다고 했다. 나란히 앉아서 봐도 선심쓰듯 갈 남편이었는데 잘 됐다 싶은지 남편은 가지 않겠다고 했다. 취향이 나랑은 완전히 다른 사람인지라 강요하지는 않았다.

조용필의 〈창밖의 여자〉는 고등학교 1학년 중간고사 기간에 처음 들었다. 우리 반에 가수 지망생 친구에게 라디오에서 〈창밖의 여자〉를 들었다 했더니 요즘 유행하는 노래라며 불러주었다. 중간고사 기간인지라 하교하지 않고 몇 명 남은 친구들과 공부는 뒷전이고 그 친구에게 노래를 배웠던 추억이 있다.

그 이후 조용필을 좋아했다. 많은 날들을 그의 노래로 위로받았으니 데뷔 50주년 기념 콘서트는 가서 봐주는 것이 팬으로서의 예의가 아닐까 한다며 혼자라도 다녀오겠다고 남편에게 말했다. 무엇보다도 엄마가 좋아한 가수라고 공연 티켓을 선물한 아이들 마음이 예뻐서 나까지 예매를 취소하기 싫었다.

혼자라도 가겠다고 하니 큰아이는 걱정하지 말라고 했다. 동서울터미널로 마중나와서 잠실 종합운동장에 모셔다드리고 운동장 주변 커피숍에서 끝날 때까지 기다리겠노라고 했다. 그런데 하필 그날 큰아이의 중요한 일정이 잡혀서 콘서트가 끝나는 시간에나 모시러 올 것 같다면서 작은아이더러 터미널 마중과 운동장까지는 부탁한다고 했다.

그러자 작은아이가 "아니 엄마가 애기야, 서울 한두 번 오는 것도 아니고 엄마 잠실 종합운동장 몰라" 한다. 작은아이가 언니에게 하는 말을 들으니 갑자기 울컥하고 올라왔다. 큰아이는 "야. 엄마가 길을 몰라서 그러냐? 다른 것도 아니고 혼자 콘서트 보러가는 것 기왕이면 우리가 모셔다드리면 좋잖아. 아빠도 안 오신다는데" 그래도 작은아이는 왜 그래야만 하는지 모르는 눈치였다.

"그래 괜찮아. 엄마 혼자 잘 갈 수 있어."

"애고 우리 엄마 또 삐지셨구만. 우리 엄마도 늙었나벼."

그러더니 작은아이는 방으로 들어간다. 내가 낳은 딸인데 어쩜 저리도 다른지 작은아이의 냉정함에 가끔 서운할 때가 있다. 둘 다 같은 교육방법으로 내가 키웠는데 어떤 원인으로 저렇게 다르게 성장했는지 곰곰이 생각해봤다.

프로이드에 의하면 6세 이전까지 아이들의 성격이 형성된다는 학설을 내놓았는데 6세 이전에 무슨 일이 있었나 생각도 해보고, 우리 집 환경이 혹시 큰아이 키울 때와 달랐나 생각해봤다. 특별히 다른 것은 없었다. 다만 작은아이라고 너무 과잉보호를 했었다는 생각만 들었다.

아침에 화장을 하다가 깨달았다. 나의 화장 마지막 코스가 입술을 그리는 것이다. 그날의 날씨와 하루 일정을 생각하면서 입술 색깔을 결정한다. 움직임이 많은 날은 진한 색을 바르는데 그러면 좀 더 오래 가기 때문이다. 휴대용으로 가지고 다니는 립스틱 색깔은 연한 색상이다. 아침에 어떤 색을 바르고 나가느냐가 하루의 입술 색깔이 결정된다. 진한 립스틱을 바르고 나가 그 위에 덧바르면 처음 발랐던 기초색이 있어서 환한 색이 된다. 그런데 연한 색을 바르고 나와서 휴대용 립스틱을 덧바르면 그날은 연한 입술 색을 띠게 된다.

사람도 마찬가지일 것이란 생각해본다. 본바탕이 선하며 마음 씀씀이가 섬세한 사람은 어떤 환경에서도 그 본바탕을 쉬 잃지 않을 것이라는 생각이다. 그래서 우리는 천성이 고와야 한다는 말도 한다.

주디스 리치 해리스라는 작가는 『개성의 탄생』이란 책에서 한 개인의 성격이 형성되는 것은 타고나는 것이 50%이며 부모는 2% 정도 영향을 미친다고 했다. 어차피 나에게서 물려받은 유전인자이겠지만 그래도 묘하게 면피를 받은 느낌이다. 다정한 면은 큰아이보다 떨어지지만 작은아이만의 장점도 많이 가지고 있으니 서운해하지 말아야겠다. 부처님은 마음이란 본래 청정하여 부처가 될 수 있는 씨앗을 가지고 있다고 하셨다. 그 청정함의 씨앗을 믿고 싶다.

혼자서는 처음 가보는 공연이지만 쑥스러워 하지 말고 맘껏 즐겨 보리라. 노래의 타임머신을 타고 추억여행을 떠나보리라. 토요일이 무척 기대가 된다.

두 개의 시간

우리 집에는 각각의 시간을 가리키는 두 개의 시계가 있다. 큰아이가 독일에 교환학생으로 떠났을 때다. 보내고 나서 독일과 우리나라의 시차를 파악하지 못해 가늠해보느라 손가락으로 일곱 시간을 꼽고 있는 나를 보고 남편이 사가지고 들어왔다. 하나는 안방 시계 옆에 또 하나는 거실 시계 옆에 나란히 놓였다. 그 시계를 보면서 '지금쯤은 일어났겠구나, 학교에 갔겠구나, 혹은 밥을 먹는 중이겠구나'라고 헤아리면서 일 년을 보냈다.

아이가 독일에 가 있는 동안 세월호 비극이 일어났다. 그리고 얼마 후에는 중국행 말레이시아 항공기가 인도양 남부에 떨어져 탑승객과 승무원을 포함한 전원이 실종되었다. 그 달 17일에 역시 말레이시아 항공기가 우크라이나 분쟁지역 근처를 지나다 미사일에 격추되는 사건으로 그때는 전원 사망했다. 또 타이완의 소형 항공기가 비상착륙을 시도하다 탑승객들이 목숨을 또 잃었다.

이런 사건을 접할 때마다 생각이 많다. 애타는 부모들의 눈물 영상을 볼 때마다 멀리 나가 있는 아이 걱정으로 잠을 설치고는 했다. 그러면서도 기다릴 사람들을 잃은 그들과는 달리 두 개의 시계를 놓고 안부를 걱정할 자식이 있다는 게 참으로 행복임을 알았다.

어릴 적부터 나는 '어디만큼 왔나' 하는 놀이를 좋아했다. 막내로 자란 탓에 혼자서 집을 보는 일이 많았다. 지금 같으면 대문을 잠그면 그만이지만 그때는 대문이 흔치 않아서 가족 중 누군가는 집을 보고 있어야 했다. 또 어려운 시절이라 동냥하러 다니는 사람들이 많아서 늘 조마조마하며 집을 지켰다.

마당 가득히 곡식을 널어 말려두기라도 하면 더 불안해지곤 했다. 그럴 때마다 엄마를 기다리면서 "어디만큼"을 되뇌었다. 눈을 감고 엄마가 머물러 계실 출발지부터 "어디만큼 왔나?" "어디만큼 왔지!" 하고 스스로 답하고는 했다. 빨리 오시기를 바라는 마음에 '어디까지 왔나' '다 왔다'를 수십 번 반복하고 나면 시간이 제법 지났고 반가운 엄마 목소리가 들리곤 했다.

요즈음 "어디만큼 왔나"를 말할 수 있는 사람들은 행복하다. 세월호 참사 이후 6년이 흐른 지금도 그 부모 근황을 들어보면 마음이 착잡하고 답답하다. 나는 두 개의 시계를 가지고 있지만 그들의 시계는 4월 16일에 멈춘 그대로 지금까지 움직이지 않고 있기 때문이다.

6년이 넘은 지금까지 나도 이럴진대 자식 일이라면 목숨도 내어놓을 부모 마음은 오죽하겠는가? 다른 건 몰라도 자식을 어찌 잊으랴. 그렇더라도 따라 죽을 수는 없기에 가슴에 묻어둔 채 살아도 사는 게 아닐 것이다. 운명의 그날 부로 멈춘 시계 태엽을 되감을 사람은 결코 나오지 않을 것이다.

누군가를 기다리는 행복이 있다는 자체가 고마운 일이다. 세상에는 아주 작은 일상이 깨지면 고통 속에 사는 일이 의외로 많다. 하물며 자식을 잃은 엄마는 오죽하겠는가. 자기 자식을 잃은 아픔은 세상 무엇으로 채우겠는가. 너무 깊고 복원될 수 없는 상처 앞에 시계는 벌써 무의미해졌어도 아들 혹은 딸이 살아온 추억의 시간을 거슬러가면서 되감을 수 있는 힘이라도 생기기를 바라본다.

두 개의 시계는 지금은 천덕꾸러기가 되었다. 이따금 그 시계를 볼 때마다 딸아이를 그리워하고 기다렸던 그때가 아련해진다.

밥 먹었냐?

한 이틀 눈발이 날리고는 바짝 추워졌다. 멀리 떨어져 있는 가족들 생각이 간절해질 때다. 이 추위에 아들을 군에 보내고 노심초사하며 소식을 기다리는 지인이 한 분 계신다.

며칠 전 지인의 전화가 왔는데 첫 마디가 내가 왜 그랬을까?였다. 무슨 말이냐고 연유를 물었더니 기다리고 기다리던 아들이 전화를 했는데 첫마디가 "밥 먹었냐?"였다는 것이다. 군대 간 아들에게서 걸려올 전화를 기다리면서 어떤 말을 해줄까 생각도 많이 하고 아들 가슴에 남을 만한 말로 격려해주고자 준비도 했는데 겨우 그 말밖에 못했다며 자책했다.

나도 생각해보니 집 떠나 있는 아이에게 늘 하는 얘기가 "밥 먹었냐"다. 그리고 먹었다고 하면 안심이 되는데 못 먹었다 하면 가장 신경이 쓰이는 게 사실이다. 엄마의 마음이 그런 것이 아닐까 싶다. 우리 아이들 역시 고등학교 때부터 나가 살다보니 가장 생각나는 것이 '집밥'이라고 한다. 그래서 집에 오면 외식보다는 내가 손수 차려주는 밥을 좋아한다. 내 음식 솜씨는 별로이고 절반은 인스턴트로 채워지는데도 집에서 먹는 밥을 찾는 것을 보면 구태여 맛이 아니라 마주 앉아 먹는 애틋한 장면을 그리워하는 것이리라.

반찬이 많고 적고를 떠나 게다가 맛이 있든 없든 엄마가 해주는 밥은 그래서 사랑이라고 하는 것 같다. 나 또한 나이가 들어도 아직 친정엄마가 해주셨던 음식 맛이 생생하고 늘 그리워지곤 했으니 이보다 더한 향수병이 또 있을까. 이 세상 자식을 맛나게 먹이기 위해 온갖 정성을 들이는 어머니 음식보다 더한 것은 또 없을 테니 말이다.

천명관의 소설『고령화가족』에 보면 아버지가 다른 자녀들이 각자의 삶에서 실패한 뒤 낡고 비좁은 엄마 집으로 모여든다. 소위 나이값도 못하는 두 아들과 그보다 못하다면 서러울 딸과 그리고 말썽쟁이 손녀까지 희망이라곤 없는 막장 집안이다. 그럼에도 불구하고 엄마는 늘 밥상을 차려 함께 먹도록 하지만 그들은 밥상 앞에서 서로 치고박고 싸우는 등 온갖 작태를 연출한다. 그래도 엄마는 늘 밥상을 차리고 그들과 함께 밥을 먹는 걸 일과로 여겼다.

결국에는 엄마가 차려주었던 밥의 힘이었는지 나중에는 가족들 간의 불화가 해소되고 크고 작은 실마리가 풀리는 이야기다. 엄마의 밥은 그들의 힘이었고 사랑이었다는 흔하디흔한 표현을 해도 어색하지 않다.

우리도 살아가면서 가장 많이하는 인사가 “식사 하셨어요?” “밥 먹었어?” 하는 것이다. 그리고 고마운 사람에게나, 미안한 일을 했을 때, 반가운 사람을 우연히 만났을 때도 "언제 밥 한번 먹자"고 말을 건넨다. 그건 꼭 밥을 먹자는 이야기가 아니라 너와 정겨운 이야기를 나눌 마음의 준비가 되어 있다는 뜻이다. 화평할 화和 자에도 벼 '화'에 입 '구' 자로 되어 있으니 밥이야 말로 평화의 상징이지 싶다.

마지막 한 장 남은 달력에 불현듯 마음이 울적해진다. 한해를 돌아보니 올해 유난히 밥 한번 먹자고 청할 사람이 많은 듯하다. 말뿐이 아닌 따뜻한 밥상을 마주한 채 적조했던 마음을 풀고 싶다. 올해가 다 가기 전에….

사람노릇은 힘들어

5월이 가고 있다. 가정의 달이고 계절의 여왕이라 할 정도로 아름다운 5월이다. 어린이날, 어버이날, 스승의 날, 성년의 날, 부부의 날 등, 가족과 함께 기념해야 할 날이 많은 5월이다. 이 외에 석탄절도 들어 있고 좋은 계절이니 만큼 매주 보내오는 결혼 청첩장이 쌓여가는 달이기도 하다.

이번 주말 뒤늦게 스승의 날 행사를 한다고 연락이 왔다. 지난 주 감기를 심하게 앓았다. 일요일에는 집안 행사가 있어 토요일 당일로 일정을 소화하면 감기가 재발할 것 같아 망설였다. 참석하지 않았으면 좋겠는데 일 년에 한번 있는 날이고 학위 받으면서 스승의 날은 꼭 챙기겠다는 혼자만의 약속을 한 터라 무거운 몸을 이끌고 다녀왔다.

거기에 모인 선후배들 이야기가 5월 가족 행사로 지출이 너무 많았다는 이야기를 했다. 어린이날을 챙기고 시댁과 친정 부모님 모시고 어버이날 모임을 갖고, 거기다 결혼 청첩장까지 5월은 지갑에 돈이 남아나지 않는단다. 그러면서도 얼굴빛을 붉히거나 기념일이 많다고 푸념하는 사람은 별로 없었다. "당연히 챙겨야지, 모처럼 사람노릇을 했다. 힘들지만 이런 것이 사람 사는 이치가 아니겠느냐" 하는 말들이 대부분이었다. 집에 돌아와 누워 잠을 청하다가 작은아이의 말이 떠올라 웃음이 나왔다.

올해 1월부터 딸아이들이 동시에 취업을 해서 용돈을 보내왔다. 묘한 기분이었다. 끝날까 싶었던 아이들 뒷바라지가 끝나고 거기에 아이들이 용돈까지 보내오니 요즘 흐뭇한 미소가 저절로 나온다. 집에 내려오는 작은아이에게 어깨가 뭉쳤다 했더니 오일마사지를 받으라며 핸드폰을 이용 즉석에서 돈을 입금했다. 또 혈액순환이 안 되어 그런지 다리가 아프다 했더니 안마기를 바로 구입해 보내와서 저녁마다 사용하고 있다. 그러더니 서너 달이 지나자 자기가 번 돈이 소중하게 느껴졌나보다. 다달이 용돈을 보내줬으니 어버이날에는 맛있는 식사만 사드리고 선물은 생략한다고 했다.

큰아이는 작은아이처럼 수시로 선물공세를 하지 않고 용돈만 보내더니 전화가 왔다. 어버이날 선물을 해준다며 갖고 싶은 것이 있으면 말하라고 했다. 그 동안 어버이날이 될 때마다 긴 편지만 드렸던 것이 너무 가슴 아팠다는 것이다. 큰아이는 대학을 졸업하고 3년 동안 취업 때문에 고민하고 방황했다. 지금은 자기가 하고 싶은 일을 하고 있어서 그런지 의젓하다. 돈을 어떻게 쓰는지도 알고 있는 것 같다.

어버이날 선물을 하지 않겠다는 작은아이에게 하고 싶은 대로 하라고 했다. 어버이날이 있는 주말에도 회사에 나가야 해서 언니랑 같이 내려오지 못한다는 메시지를 보내면서 통장에 용돈 보냈으니 확인해보라고 했다. 확인하니 생각보다 큰돈을 보냈다. 전화를 해서 0자를 하나 더 눌러버린 것 아니냐 했더니 웃으면서 아니란다. 4월에 상여금을 받았다면서 엄마가 그 동안 자기를 뒷바라지 하는 것이 생각나서 보냈다고 했다. 그러면서 "사람노릇하기 힘들다"며 웃었다.

그렇게 어른이 되어가는구나 하는 생각에 흐뭇하기도 하면서 딸도 이제 좋은 시간은 다 살았구나 하는 생각에 짠한 마음도 들었다. 그 동안은 성인이 되어도 경제적으로 독립을 못하고 있었는데 경제적으로까지 독립을 하니 이제 정말 온전한 성인이 되는 첫 걸음을 떼는 것인데 어찌 즐거운 일만 있겠는가.

이런 날 밤이면 돌아가신 친정 부모님 생각이 간절하다. 5월에 제사가 들어 있어 더욱 그런 것 같다. 부모님이 그리 일찍 돌아가시지는 않았는데 칠남매 중 막내라 내게는 늘 아쉬움으로 남는다. 친구들 중에 친정 부모님이 계시면 그게 가장 부럽다. 곁에 계신 것만으로 힘이 되는 분들이 부모님이시다. 그래서 내 꿈이 하나 더 늘었다. 두 딸 곁에 건강하게 오래 남아주는 것이다. 늘 잘해드리지 못한 것이 후회되는 밤이면 도종환 시인의 시 「5월의 편지」를 가슴에 담는다.

가을편지

어느 새 가을입니다. 낮에는 여전히 더운데도 조급한 마음 때문인지 다들 가을이라고 발걸음 서두릅니다. 사실 그럴 만도 한 게 들판 곡식은 그 새 황금빛으로 물들고 산들도 옷 갈아입을 준비에 정신이 없는 듯하구요. 투명한 햇살과 서늘한 바람에 마음이 자꾸 참찹해지니까요.

문득 수아가 독일로 공부하러 갔을 때가 생각나네요. 살아가면서 가끔 엄마 생각을 하지만 그때는 수아 생각과 함께 엄마도 보고 싶어서 목이 메었습니다. 우리 엄마도 이랬겠구나 했습니다. 세월이 좋아져 직접 얼굴을 보면서 통화를 하고 카카오톡으로 안부를 전하지만 늘 갈증이 납니다. 간절히 누구의 안부를 이렇게 궁금해 했던 적이 있었나 하는 생각을 하면서 우리 엄마도 그랬겠구나 했습니다.

요즘 여기 세상은 참 어지럽고 복잡하답니다. 봄과 가을은 실종되기 직전인 듯하고, 지난 여름은 아열대로 변해가는지 갑작스러운 소낙비로 우산도 없이 나갔다가 꼼짝없이 비를 맞는 등 깜짝깜짝 놀라는 일이 많았습니다. 변한 게 어디 날씨뿐이겠어요. 잊을 만하면 터지는 실종, 강간, 폭행 사건 등으로 딸을 가진 저 같은 부모는 자나깨나 걱정이랍니다.

엊그제 저녁을 먹으면서 애아빠가 딸들이 자기에게 최고이자 영원한 '갑甲'이라고 해서 웃었는데 저 또한 엄마에게는 영원한 '갑甲'의 자리였을 거라는 사실을 이제야 깨우친 기분입니다. 아침에는 또 작은아이에게서 온 핸드폰 문자를 보고 서둘러 집을 나가면서 엄마 생각을 했더랍니다. '엄마 저 좀 데리러 오세요'라고 요청하는 문자를 받았거든요.

가끔 아이들의 터무니없는 요구사항도 있었건만 별 달리 따져보지도 않고 들어주는 것을 보면서 나는 과연 엄마 말씀을 얼마나 잘 들었나 싶은 반성도 했었지요. 저 역시 딸아이들처럼 말도 듣지 않고 거역했을 텐데 별다른 꾸지람 없이 제 요구사항을 다 들어주셨을 엄마 생각에 눈시울이 자꾸 뜨거워지네요.

처음 부모님 슬하를 떠나 광주에 있는 고등학교에 진학했던 그 밤, 아버지가 밤새 담배를 피우며 밖을 내다보셨다는 이야기를 엄마한테 들었을 때가 생각납니다. 무뚝뚝하게만 보였던 아버지 마음을 알고 눈시울을 붉혔던 기억이 새롭군요. 저 또한 큰아이가 독일로 떠나던 날 도착 시간이 지나도 연락이 없어 거의 뜬 눈으로 밤을 새우던 차에 아이가 잘 도착해서 기차를 갈아타고 유스호스텔에 도착했다는 말을 듣는 순간 안도와 함께 터져나오는 울음을 참을 수가 없었습니다. 낯선 곳에서 30kg 무거운 가방을 낑낑대고 끌고갔을 생각만 해도 괜히 마음이 아팠던 것입니다.

말을 안 듣고 골질을 할 때마다 '니가 부모가 되어야 내 마음을 알지'라고 하던 엄마의 말씀이 새록새록 가슴에 와닿습니다. 이럴 때 내 곁에 계시면 뛰어가 없는 애교도 부려보고 따듯한 밥상을 마주하고 싶은데 그리할 수 없으니 아쉽고 속상해 편지로 대신합니다.

그 세상에서도 아버지랑 건강하게 지내고 계신가요? 어제 저녁에는 친정집에 가는 꿈을 꾸었답니다. 백일홍이 만발한 집 앞에서 엄마가 호미질을 하고 있는 꿈이었습니다. 환하게 웃고 계신 꿈을 꾸고 '엄마가 저세상에서 편히 지내시는갑다'고 새벽에 중얼거렸습니다. 그리고 꼭 내 마음인 양하여 정채봉 시인의 「엄마가 휴가를 나온다면」이라는 시를 떠올렸습니다.

하늘나라에 가 계시는 엄마가/ 하루 휴가를 얻어 오신다면/ 아니, 아니, 아니, 아니,/ 단 5분 그래, 5분만 온 대도/ 나는 원이 없겠다.

얼른 엄마 품속으로 들어가/ 엄마와 눈맞춤도 하고, 젖가슴도 만지고

그리고 한번만이라도/ 엄마! 하고 소리내어 불러보고/ 숨겨놓은 세상사 중 딱 한 가지만/ 억울했던 그 일을 일러바치고/엉엉 울겠다.

엄마 모쪼록 건강히 계세요. 이 가을이 지나면 또 편지 드릴게요.

●

오늘의 사진

오늘도 형부의 사진으로 하루를 연다.

카카오톡이 왔음을 알리는 연속음이 들려온다. 핸드폰을 열어보지 않아도 누가 보낸 것인지 안다. 열어보나마나 넷째형부일 것이다. 오늘은 또 어떤 사진들을 찍어올렸을까? 내심 기대하며 핸드폰을 확인한다. 매화마을과 산수유마을의 꽃 사진이 올라와 있다. 이른 남녘 봄소식에 행복하다. 하트를 넣어 댓글을 대신했다.

형부는 35년여의 공직생활을 마치고 한동안은 홀가분한 눈치였다. 운동도 하고 평생학습관에 가서 무언가를 배우기도 하며 시간을 보내는 듯싶었다. 하지만 시간이 지나가면서 별로 재미를 느끼지 못한 것 같았다. 언니 집에 가서 보면 무료한 얼굴로 인터넷 바둑이나 두면서 시간의 무게에 눌려 힘들어함이 역력했다. 그래서 내가 노인복지관 이용을 권했다.

60세 이상이면 이용이 가능하니 다양한 프로그램에 참여하여 친구도 사귀면 좋지 않으냐고 했다. 얼마 후 궁금해서 전화를 했더니 형부가 가장 젊은 사람이었다고 한다. 노인도 아니고 젊은이도 아닌 형부연령층은 찾기 어려웠다면서 노인복지관도 얼마 못가서 그만두었다고 했다.

그랬는데 언제부터인가 사진을 찍어 가족끼리 묶여 있는 카카오톡에 올리기 시작했다. 처음에는 격려 차원에서 "좋다, 예쁘다, 눈부시게 아름답다, 몽환적이다" 하면서 내가 칭찬할 수 있는 모든 말을 동원해 댓글을 달아주었다. 날마다 사진으로 소통하는 시간이 2년이 되었다. 문외한인 내가 보아도 그 동안 몰라볼 정도로 사진이 좋아졌고 몇 군데 사진촬영대회에서 입상도 해서 누구보다 빨리 사진작가가 되었다고 했다.

늘 조용하던 형부의 어디에서 그런 열정이 나오는지 사진에 고스란히 묻어난다. 하지만 언니는 걱정을 많이 했다. 이제 60의 중반을 넘어서면서 열정에 비해 신체는 쇠약해져 따라가주지 못하는 터였다. 무거운 사진 장비를 메고 들로 산으로 뛰어다니느라 허리에 무리가 와서 허리 수술을 하였다. 그러더니 이번에는 무릎 수술까지도 해야 한다고 하며 좀 있으면 어깨도 수술해야 하는 것 아니냐고 푸념과 걱정을 한꺼번에 쏟아냈다.

형부는 사진 찍는 것이 여태껏 해왔던 일 중에 가장 즐겁고 신난다고 하셨다. 형부는 그 동안 가족을 위해 앞만 보고 달려야 했던 보통 남자들의 정형화된 삶을 살았다. 그러기에 퇴직 후 어떻게 살아야 할지 준비하지 못했던 것이다. 한동안 방황하는 시간들을 가졌지만 사진찍기를 시작하면서 행복해하는 삶을 찾았다. 더구나 평균수명이 길어져서 퇴직 후에 많은 시간을 보내야 하는데 사진과 함께 제2의 인생을 살게 되어 참 다행이다.

큰아이는 올해 서른 살이다. 5년 전 외국으로 나가겠다는 선언을 했다. 취업으로 스트레스를 받는 아이에게 "인생은 길고 길다. 내일 일도 모르는 것이 우리네 삶이다. 누구에게나 문제는 있고 그것을 극복하면서 행복을 만들어간다"라고 했으면서도 아이가 결정한 선택에는 찬성하지 못했다. 큰아이는 취업을 택했다. 내가 반대한 까닭도 아니고 딸 스스로 선택해서 결정한 일이다. 우리도 그렇게 무수한 선택을 하며 살아간다. 옳은 결정이든 아니든 그 선택들이 모여서 우리의 삶이 결정되고 완성된다.

뒤늦게 취미로 사진찍기를 선택해 행복한 나날을 보내고 있는 이모작 인생을 사는 형부에게도 큰 박수를 보낸다.

내일 우리 가족 카카오톡에는 또 어떤 사진이 올라와 소통의 장을 마련해줄지 형부의 사진이 기대된다.

추억소환

선생님!

어제는 덕분에 정말 맛있는 참게장을 먹었습니다. 맛집으로 소문난 집이라 하더니 맛도 맛있었지만 저는 참게장을 보는 순간 어릴 적 생각나서 밤새 추억을 소환하였답니다. 딱 이맘 때인 것 같아요. 아버지랑 참게를 잡으러갔던 것이요. 제 기억에는 장마가 끝나고 저녁에는 좀 쌀쌀해질 무렵 손전등과 대바구니를 들고 아버지와 엄마, 작은오빠랑 개울로 갔었답니다.

오빠와 나는 개울둑에서 내려다보며 바구니를 들고 있었어요. 엄마가 손전등으로 개울의 돌 사이를 비추면 아버지는 지렁이 먹이로 참게를 유혹했지요. 돌 틈에 있는 참게가 얼굴을 내밀면 아버지는 손으로 잡아 내가 들고 있는 대바구니에 넣고는 했습니다.

저는 어린마음에 참게가 참 불쌍하다는 생각은 했지만 가족과 함께하는 밤마실이 그렇게 좋았답니다. 늘 티격태격 싸우던 작은오빠와도 눈을 크게 뜨고 참게잡이에 몰두하고 등 뒤로 길게 덮인 어둠

이 무서워 오빠 곁에 꼭 붙어 있고는 했습니다. 대바구니 가득 담긴 게를 가지고 집으로 돌아올 때는 개선장군이 된 기분이 들고는 했지요.

참게는 요리솜씨 좋은 엄마의 손을 거쳐 오빠와 내가 좋아하는 게장으로 밥상에 올라오거나 아버지가 좋아하는 탕으로 끓여지고는 했답니다. 불쌍하다고 생각했던 마음은 간 곳 없이 '밥도둑'이란 별명처럼 밥 한 그릇을 뚝딱 비우고는 했지요. 참게는 껍질에 키토산이 많고 저지방 고단백 식품으로 고혈압이나 비만에도 좋다고 합니다. 그래서 옛날 임금에게 진상까지 했던 음식이었나 봅니다.

선생님!

그러니 제가 어제 얼마나 반갑고 맛나게 먹었겠어요. 어릴 적에는 튼튼한 이로 맛있게 먹었던 참게 다리가 딱딱하더군요. 바다 게보다는 다리가 더 딱딱한데 그 시절에는 바다 게와 딱딱함의 차이를 못 느꼈답니다. 그러니 또 세월의 무상함도 함께 느꼈어요. 그리운 아버지와 엄마는 벌써 저세상으로 가신 지 오래되었고 늘 생각나서 울먹였던 마음은 이제 이렇게 추억의 한 자락을 끄집어낼 때만 그리워하며 무뎌져 살고 있습니다.

결혼하고 내륙지방에 살면서 사람들에게 민물참게를 이야기하면 잘 모르는 분들이 많았어요. 저도 어른이 되어서야 민물참게의 습성에 대해서 알게 되었답니다. 특이하게도 참게는 담수지역에 살다 8월 말에 알을 품고 바다로 내려가 거기서 다음해 봄에 산란을 한다고 해요.

그 알이 부화해서 담수지역으로 올라와 성장을 하고 또 알을 산란하기 위해 바다로 내려가구요. 아버지랑 이때쯤 민물참게잡이를 갔던 것은 참게가 알을 낳기 위해 바다로 내려가는 시기였던 것 같습니다. 이런 참게에 대한 추억이 있던 나에게 살고 있는 곳에서는 먹을 수 없는 참게장을 사주었으니 맛보다 훨씬 더 큰 감동이었습니다.

선생님!

어제 제가 기차 시간이 다 되어 이 이야기를 못했어요. 잘 알고 지내는 수녀님은 장애인시설장으로 계십니다. 기도와 업무에 시달려 늘 잠이 부족하답니다. 그 수녀님의 가장 큰 휴식은 출장 갈 때 비행기 안이라고 해요. 우리는 유럽이나 미국 여행은 비행기를 오래 타야 해서 가장 큰 고통의 시간이라고들 말합니다. 그런데 그 수녀님은 그 시간이 유일한 수면 보충시간이라 밥도 먹지 않고 내릴 때까지 10~12시간을 죽은 듯이 잠만 주무신다고 하더라고요. 그 비행 시간이 마음놓고 쉴 수 있는 시간이랍니다.

나를 위해 우리 가족을 위해서만 사는 나는 힘이 들 때면 수녀님을 떠올립니다. 그러면 생각이 바뀌고는 합니다. 선생님도 지금 논문 때문에 많이 힘들다고 했었지요? 이 이야기가 과부하가 걸린 심신에 도움이 되었으면 합니다. 힘내시고 마지막 학기 잘 마무리하시어 큰 성과가 있기를 기원 드릴게요. 어제는 진정 즐거웠습니다. 이 가을 건강하세요.

인人꽃

어제는 친정엄마 기일이었다. 7남매 모두가 모여 수십 번도 되풀이한 엄마에 대한 이야기를 하고, 각자 추억을 떠올리면서 눈시울을 붉혔다. 엄마에 대한 이야기는 아무리 사소한 것이라도 새로운 이야기처럼 귀를 기울이고 듣는다. 그러던 차에 큰언니 핸드폰이 울렸다. 같이 사는 손자 녀석이 할머니 잘 도착했느냐는 전화였다.

그 후로 분위기는 전환되어 각자 핸드폰에서 손자들 사진을 보여주면서 자랑들이 시작되었다. 큰언니, 작은언니, 셋째언니 모두 언제 우울했었나 싶게 얼굴이 환해졌다. 저래서 손자 자랑을 하려면 돈내고 하라는 말이 나왔나보다. 얼마 전까지 모임에서 손자 자랑하려면 만 원을 내라고 했는데 기꺼이 다들 만 원을 내고 손자 자랑을 한단다. 그래서 요즘은 십만 원으로 올랐다고 해서 웃은 적이 있다.

넷째언니 손자가 이제 막 두 돌을 지났다. 조카가 육아휴직을 하고 넷째언니네 집에서 1년을 살았다. 자주 가다보니 정이 들어 유난히 그 손자가 예쁘다. "내가 누구야?" 하고 물으면 발음도 잘 안

되는 입으로 "이모할머니" 하고 대답한다. "영어 좀 해봐?" 하면 어설픈 발음으로 "이이 캔 두 잇, 난 할 수 있어"라고 한다. 광대승천이 저절로 되면서 복잡한 마음을 무장해제시킨다. 그래서 아이가 군산에 온다고 하면 아무리 바빠도 내려가서 보고 온다.

이런 나를 위해 조카가 키즈노트kidsnete 웹을 핸드폰에 깔아주었다. 저녁 때가 되면 딩동 하고 '박승빈의 알림장이 도착했습니다'라는 메시지를 받는다. 핸드폰으로 손자 사진을 보며 하루의 피로를 푼다.

요즈음 어린이집, 유치원에서는 키즈노트kidsnete 웹을 통해 부모들께 소식을 전한다. 손으로 써서 아이 가방에 넣어주었던 알림장은 고전이 되었다. 핸드폰에 키즈노트 웹을 깔면 아이의 하루 활동을 사진으로 찍어서 보내주고 아울러 아이의 하루 심리상태, 수업내용, 밥 먹는 양, 잠자는 시간 등을 상세히 적어 보내는 것이다. 사진만 봐도 입꼬리가 올라가고 가끔 동영상이 올라오면 나도 모르게 '에고 예뻐라 에고 예뻐라'란 말이 저절로 나온다. 그래서 옛 어르신들이 꽃 중에서 제일 예쁜 꽃이 인꽃(어린아이)이라 했는가보다.

하지만 우리 주위에는 이렇게 행복한 아이만 있는 것은 아니다. 요 몇 년 사이 경제가 어려워지면서 아동학대 사건들이 눈길을 끌었다. 2016년에는 자신의 아이를 영양실조로 죽게 한 부모도 있었고, 태어난 지 84일 된 아이는 부모의 구타로 인해 두개골이 함몰되고 곳곳의 뼈가 부러져 주검으로 발견된 사건도 있었다.

12월 광주에서 엄마가 담뱃불을 이불에 끄는 바람에 화재가 나서 세 명의 아이가 타죽은 사건도 우리를 경악하게 했다. 세 사건의 공통점은 나이가 어린 부모였다. 경제적으로 어려웠고 또래집단 등 사회적으로 고립되었기에 당연히 정신적으로도 피폐하였다고는 하지만 부모로서 아이를 학대한 사건은 우리에게 많은 충격을 준 것은 사실이다. 물론 전적으로 그들만의 책임이라고 몰아붙일 수는 없을 것이다. 어린 나이에 부모가 되고 그들이 겪었을 취약한 환경 탓도 있을 것이기 때문이다. 그렇기에 이들을 도와 아이들이 제대로 커나가게 하는 것은 사회와 국가의 책임이다.

아동학대의 문제를 여기서 다 거론하고 해답을 찾을 수는 없지만 그래도 하나만은 기억해야 할 것 같다. 주위에 대한 관심이 그것이다. 특히 '어린아이와 관련된 일이라면 무엇이든 절대 무심히 넘기지 말 것', 이것 하나만이라도 우리가 명심했으면 좋겠다. 우리의 세심한 관심이 아동학대를 조기에 발견할 수도 있을 것이기 때문이다. 주변에서 아이의 해맑은 웃음소리가 넘쳐난다면 우리 사회는 그 미소만큼 환해지리라.

딩동~ 키즈노트 알림이 울린다. 오늘은 또 어떤 모습으로 날 기쁘게 해줄지 얼른 핸드폰을 열어봐야겠다.

지지대

고향을 다녀왔습니다. 언제부터인지 고향을 간다는 설렘보다는 진한 슬픔이 먼저 느껴지는 것은 나를 기다리는 사람이 없어서라는 생각을 해봅니다.

친정에 가던 그날은 여느 때처럼 우선 뒤 텃밭에 누워계시는 부모님을 뵙고 어릴 적 뛰어놀았던 동네 이곳저곳을 둘러보았습니다. 수십 년 세월이 흘렀건만 무엇 하나 변한 것 없이 그대로 남아 있더군요. 고향집 큰 감나무 잎은 햇빛에 연초록으로 반짝이고 화단에는 목단이 얼추 지고 그 자리에 작약꽃이 이제 막 꽃망울 터트릴 준비에 한창이었습니다.

돌담을 따라가니 파랗게 수놓은 담쟁이덩굴이 바람에 일렁입니다. 오래 전부터 가슴 속 남아 있던 그리움을 흔들어 깨우는 것 같습니다. 두레박으로 길어올린 마당가의 샘물로 갈증을 해소하며 이곳으로 와서 편안하게 살고 싶다는 생각이 잠깐 들었습니다.

여행을 다니다보면 유달리 마음을 끄는 자리가 있고 그럴 때마다 언젠가 한번 와본 적이 있는 것처럼 친근해지곤 했지요. 훗날 이렇게 수려한 고장에서 좋아하는 사람과 함께 살고 싶다는 소망을 품게 됩니다. 그도 아니면 좋은 사람과 다시 한번 찾아오고 싶다는 생각이 들곤 합니다. 그런데 고향을 찾으면 이곳에서는 그 누구도 아닌 단 두 분, 부모님하고 다시 한번 살아보고 싶다는 생각이 드는 것은 다시는 할 수 없는 일이기에 더 깊이 사무치는 것일까요?

돌아올 때는 새로 난 고속도로를 탔습니다. 바다를 연결한 다리가 많은 곳입니다. 다리를 지날 때마다 자동차가 휘청거리는 것을 느껴 나도 모르게 핸들을 꽉 움켜잡았습니다. 몇 개의 다리를 지나도 같은 느낌이었습니다. 자동차가 휘청거리는 듯해서 속도를 늦추고 그곳을 빨리 벗어나고 싶은 마음 때문인지 긴장이 되더군요.

한참 달리다가 그 이유를 알았습니다. 바다 위로 연결된 다리는 공중에 떠 있는 상태였어요. 그런데 다리를 벗어나니 양 옆으로 산이 펼쳐지고 논밭이 나오면서 무언가 양쪽에서 나를 지지해주고 있다는 느낌을 받았어요. 그래서 편안하게 운전을 할 수 있었던 겁니다.

지난 번 집단상담시간이 생각납니다. 교육생 중 한 분이 자기가 결정한 일이 최선이라 생각하고 있는데 가족들은 왜 사서 고생을 하느냐며 외면해서 상처를 많이 받고 있다는 상담을 했습니다. 그분의 이야기를 들은 교수님께서 지금 가장 필요한 것이 누구에게서든지 지지받는 것이라면서 가족이 안 되면 애인이라도, 애인이 없으면 친구라도 좋으니 지지를 받았으면 좋겠다는 말씀을 하시더군요.

그때는 별 생각 없이 지나갔는데 지금 자동차를 운전하면서 문득 큰 깨달음으로 다가옵니다. 누군가의 지지를 받는다는 것은 보이지 않는 가운데 우리를 바로설 수 있게 해줍니다. 또한 두려움이 없이 나아가게 해주며 무슨 일이든 망설이지 않고 할 수 있는 배경이 되어준다는 거죠.

잠깐 건너는 다리에서도 불안함을 느끼며 정신이 흩어지는데 긴 인생을 살아가면서 든든한 지지 역할을 해주는 그 무엇이 없다면 얼마나 불안할지 그려집니다. 혼자 살아가기에 부족한 우리에게는 가족이든 친구든 애인이든 그 누군가의 지지가 꼭 필요하겠지요. 나 역시 많이 부족하지만 누군가가 필요하다면 어디서든 기꺼이 보듬어주려고 합니다. 지금 이 순간부터 말입니다.

지하철에서 만난 사람

서울에 처음 가본 것은 대학 1학년 여름방학 때였다. 서울에는 일가친척이 없었기 때문에 좀처럼 기회가 없었는데 나처럼 한번도 가보지 못한 친구들끼리 모여서 서울 구경을 간 것이다.

버스에서 내리자마자 서울의 느낌은 참 덥고, 복잡하고, 사람이 많다는 거였다. 같이 간 친구의 언니를 만나기로 약속한 장소가 종각 앞이었다. 물어물어 찾아갔더니 누군가를 기다리는 듯 수많은 사람들이 곳곳에 모여 있었다. 그들은 약속한 사람을 만났는지 짝지어 흩어지곤 했다. 우리도 한참을 기다려 비로소 친구 언니를 만났다.

그리고 말로만 듣던 명동을 돌아다니다 그 당시 대학생들이 많이 간다던 종로 어디쯤에서 막걸리를 마시게 되었다. 시골에서 자란 신출내기가 말로만 듣던 서울에 와서 다들 주눅들어 있다가 소위 말하는 알코올이 들어가자 금방 호기로운 말투로 바뀌었던 기억이 난다. 그렇게 설레던 첫 서울여행은 짧은 1박 2일로 마쳤었다. 그 후로도 서울과는 별반 인연이 없어 간다 해도 잠시 머물다 내려오곤 했다.

며칠 전에 큰아이가 사는 부천에 가기 위해 작은아이와 서울에서 전철을 탔다. 전철에 오르니 무척 조용하다. 앉아서 가든 서서 가든 핸드폰을 켜고 말없이 들여다보고 있는 탓이다. 전철 안에서 들을 수 있는, "공중도덕을 지키자"며 큰소리로 떠들지 말라는 멘트가 전설처럼 아득한 느낌이었다. 그것이 또 옆의 사람에게 방해가 될까 봐 조용히 하는 것이 아닌 핸드폰에 팔려서 그렇다는 게 또한 격세지감을 느끼게 했다.

시골사람인지라 전철을 타면 제대로 탔는지 불안해서 늘 출입문 위에 붙은 노선도 앞에 가 목적지를 확인한다. 그러고 난 뒤에도 언제 내려서 갈아타야 하는지, 갈아타는 곳은 어디인지 제대로 갈아탔는지 불안한 게 사실이다. 그날도 그렇게 편치 않은 마음으로 앉아 있는데 50대 후반의 점잖은 여인이 말을 걸었다.

"따님인가 보네요." 전철 안에서 누군가에게 질문을 받은 건 처음인지라 "네" 하고 짧게 대답했더니 아이가 참 예쁘다고 하면서 이런저런 얘기로 서두를 꺼냈다. 당황스러운 마음과 함께 갑자기 의심이 들기 시작했다. 다음 말은 뭐라고 할까? 내가 동서울터미널에서 승차하는 걸 보고 혹시 시골에서 올라온 사람 티가 나서 그러는 건 아닐까? 라는 온갖 부질없는 생각이 머리를 스치고 지나갔다. 그런 내 마음은 아랑곳없이 이런저런 얘기를 하던 그 여인은 몇 정거장을 지나서 내리며 안녕히 가시라는 인사말까지 덧붙였다. 여자가 내린 뒤 아이와 나는 서로 마주 보며 이심전심으로 웃었다.

우리나라 최남단에서 태어나 살던 내게 서울은 너무나 멀었고 주위에 서울을 가본 사람도 거의 없었다. 그래서인지 서울에 대한 에피소드는 별반 유쾌하지 않았다. 가출했다가 돌아온 동네 오빠들의 무용담에 의하면 서울은 '한눈팔면 코 베가는 곳'이었다. 어릴 때부터 그렇게 인식이 되어서인지 서울은 아직도 낯설고 무서운 곳이라는 생각이 지배적이었다.

지금은 두렵고 무섭다는 생각은 없으나 하루만 머물러도 머리가 아프고 그렇게 긴장하다보면 두 배로 피곤을 느끼곤 한다. 내게 있어 서울은 어릴 때처럼 여전히 마뜩치 않은 공간이었고 오랜 세월이 지나도 선입견을 떨치지 못하고 있으니 지하철에서 사심 없이 말을 건네온 여자를 경계한 것은 극히 당연했다. 그런 서울에 아이만 혼자 남겨두고 내려온 지금은 또 마음이 편치 않다. 잠깐 머물러 있을 즈음에도 늘 조심하라고 할 만치 긴장했는데 아주 거처를 정하고 난 지금으로서는 그때보다 걱정이 태산일 수밖에 없다.

딸아이와 헤어져 금왕에 내려오니 맑은 공기와 시원한 풍경에 기분이 다 상쾌하다. 버스에서 내리며 아이에게 문자를 보냈다. '맘, 이제 도착했다. 이 여유로움 '이 포근함' 딸~ 이번 주말에는 꼭 내려왔다가렴.' 나는 역시 서울내기가 될 수 없음을 또 한번 느낀다. 이 향기가 너무 달다.

풍문으로 들었소

어느 날 낯선 번호의 전화를 받았다. 받고보니 초등학교 1학년 때 짝꿍이었다. 몇 해 전 서울에서 대전으로 내려와 근무하다 명예퇴직을 한다고 했다. 가족들이 살고 있는 곳으로 가면 쉬 볼 수 없을 것 같다며 한번 만나기를 원했다. 나도 마침 대전 근처에 강의를 갈 일이 있어 카페에서 만났다.

보는 순간 참 많이 변했구나 하는 생각이 들었다. 세월의 무상함을 이런 때 절실히 느끼나보다. 그 친구는 머리가 듬성듬성 빠진 중년이 되어 있었다. 초등학교를 졸업한 지 벌써 40여 년이 지났고 나 또한 주름이 늘기 시작한 오십대 중반이니 피차 마찬가지였을 것이다. 오랜만에 만나고보니 얘기가 끝이 없다. 학창시절을 생각할 때 가장 먼저 떠오르는 친구가 있다면 초등학교 1학년 때 짝꿍이었으니까.

어릴 적 유난히 작았던 나는 나만치나 작았던 그 짝꿍과 함께 맨 앞줄에 앉았다. 그 친구는 책상에 금을 그어놓고 내 책이 넘어가거나 하면 밀치는 게 일이었다. 그날도 쉬는 시간인데 내 공책이 넘어갔고 친구가 다짜고짜 주먹으로 내 얼굴을 치면서 이가 부러지고 피가 났다. 나는 너무 아프고 놀라서 선생님이셨던 아버지를 찾아갔고 짝꿍은 그로부터 3일간 학교를 나오지 못했다. 나중에 들은 이야기로는 아버지가 선생님이신 것을 알고 꾸중들을 게 무서워 학교 갈 시간이면 뒷산에서 놀다가 집으로 돌아갔다고 했다. 사흘 간의 무단결석 끝에 담임선생님이 짝꿍의 집으로 찾아가셨고 들통이 나는 바람에 다시 등교를 하게 되었다.

친구는 그때 얼마나 두려웠는지 아느냐고 하면서 배시시 웃는다. 이후 초등학교를 졸업하고 우리는 둘 다 남녀공학인 중학교에 진학했다. 그리고는 점점 멀어져서 가끔 얼굴을 볼 뿐 이야기를 나눠본 적은 없었다. 그래도 공부를 잘해서 그는 명문 고등학교로 진학했다. 그 후로도 그 친구는 초등학교 동창회에 꾸준히 참석한 모양이었다. 초등학교 졸업 30주년이 되던 해 전교 회장이었던 그 친구가 기념행사를 주선하며 부회장이었던 내게 와야 한다는 연락을 보내왔다. 그러나 내가 참석하지 않아 그 후로 또 오랫동안 소식을 듣지도 못하다가 오늘 이렇게 만난 것이다.

친구는 그 동안 어찌 살아왔느냐고 물었다. 어릴 적 얘기가 끝나고 나니 자연스럽게 현재 근황으로 이어진 것이다. 내가 뭐 이리저리 산다고 했더니 그 친구가 충격적인 이야기를 했다. 동창들 사이에서는 강희진이 첫 결혼에 실패하고 재혼해서 음성에서 농부의 아내로 근근이 산다는 소문이 있었다며 나를 생각할 때마다 잘 좀 살지 하고 속을 끓였다는 것이다. 그리고는 아마도 고향에서 너무 먼 곳에서 살고 있고 무엇보다 농촌에서는 살지 않을 것 같던 내가 시골에서 사는 바람에 나온 것 같다며 웃었다. 초등학교 졸업 후 동창회는 한번도 가지 않았고 동창들을 만나지도 않았으니 나 역시 그럴 만하다는 생각이 들었다.

짝꿍은 이야기 끝에 자기네 블랙컨슈머가 음성에 사는데 2년 동안 처리하느라 너무 골치를 앓았다며 혹 그 사람 아느냐고 물었다. 너무 잘 알고 있는 사람이고 같은 단체에서 활동한다 했더니 연줄이 닿는 사람을 찾느라 힘들었다며 진작 너를 찾았다면 편했을 걸 하고 아쉬워했다. 그 친구 회사에서 도시와 농촌간 자매결연 맺은 곳이 또한 음성이어서 자주 왔다는 말도 했다. 내가 여기 사는 것은 알고 있었지만 가난한 농부의 아내는 별반 도움이 되지 않을 거란 생각에 자주 오면서도 찾지 않은 것 같다. 무엇보다 초라하게 살고 있을 내가 민망하게 생각할까봐 연락하지 않았을 거라고 생각하니 몹시 씁쓸했다.

소문이란 그런 것일까? 터무니없다는 생각이 들었지만 그 동안 동창회에 한번도 가지 않은 것을 보면 무리는 아니었다. 내 스스로를 평가할 때 약간은 뽐내기 좋아하는 기질이었고 어릴 때부터 그것은 친구들이 다 알고 있는 사실이었다. 이런 의식을 가지고 사는 나였는데 전혀 소식이 없었으니 그런 소문이 돈 것은 아닐까 생각해본다.

그러니 진원지는 분명 있었다. 그것도 남이 아닌 내게서 나왔다.

어지간하면 가끔 와서 사는 모습을 드러내고 싶어했을 친구가 오죽하면 한번도 얼굴을 보이지 않으랴 하고 누군가 추측을 하면서 나온 결과다. 본의 아닌 결과지만 사실 무근으로 퍼지는 소문의 특징이 자연스럽게 떠오른다. 누가 만들어낸 것이 아닌 내 자신의 성격 때문에 파급된 것도 이 정도니 아니 땐 굴뚝에 연기 나랴는 식으로 부풀려진 것은 얼마나 황당하게 퍼져나갈지 상상이 가면서 묘한 기분이다.

짧은 만남을 뒤로 하고 오는데 왠지 슬프다는 생각이 드는 것은 그런 이유가 컸을 것이다. 나는 이 소문으로 큰 피해를 보지는 않았지만 근거 없는 소문으로 고통받는 사람들을 가끔 봐왔던 터라 오랜만에 보는 친구와의 만남이 마냥 설레고 좋지만은 않았다. 중국 후한 말기의 사상가 왕부가 지은 잠부론潛夫論에 '한 마리의 개가 그림자를 보고 짖으면 백 마리 개가 그 소리를 따라 짖는다'고 했다. 물론 한 마리 개는 되지 말아야겠지만 백 마리 무리에도 끼지 말 일이다.

제4장

잘못된 믿음

무더위가 막을 내렸다. 찜통 같은 더위는 그나마 참을 수 있었는데 밤중에도 에어컨을 틀지 않으면 잠이 오지 않는 열대야에 시달렸다. 가뜩이나 짧은 여름밤에도 몇 번씩 잠을 깰 정도로 무더웠다. 하지만 절기는 속일 수 없는 듯 입추가 지나자 아침 저녁으로 시원해지더니 말복이 지난 지금은 문을 닫고 자야 될 정도로 서늘하다.

하지만 코로나19는 여전히 기세가 꺾일 줄 모른다. 우리나라는 40여 일 동안 계속해서 1,000명 이상 신규 확진자가 생기고 있다. 코로나19 제4차 대유행이라면서 우려의 목소리가 높아진다. 장기간 피로감 때문인지 마음들이 느슨해진 것 같다. 특히 휴가철이라 이동인구가 늘어나면서 더 많은 확진자가 나올까 걱정이다.

지난 7월 마지막 주에 코로나 백신 1차 접종을 했다. 먼저 백신을 맞은 사람들이 많이 앓았다는 얘기를 듣고 겁이 나서 망설였다. 그런데 큰아이가 부작용보다는 코로나19가 더 무섭다고 말하면서 꼭 맞아야 한다고 예약을 해주었다. 맞고 나니 몸살이 올 때처럼 으슬 으슬 춥다. 금방 입술이 부르트고 며칠 동안 기운이 없었다. 강력한 균이 몸속에 들어갔으니 그럴 것이란 생각으로 스스로 위로했다.

한 달째 접어드는 다음 주에는 2차 접종이 예약되어 있었다. 그것만 맞으면 이래저래 안심이 될 것 같았는데 모더나 백신 물량이 확보되지 않았다고 2주 후로 연기가 되었다. 불가피한 사정은 있었겠지만 생명을 다루는 문제에 차질이라니 용납하기 힘들다. 많은 사람들이 관계당국을 비난하며 빨리 백신을 확보하라는 독촉 민원이 끊이지 않고 있다.

우리나라와는 달리 백신공급이 넉넉한 미국은 오히려 거부하는 사람이 많아서 고민이란다. 오늘 아침 국제정세를 다루는 프로그램에서 미국의 코로나 백신 관련 가짜 뉴스에 관한 보도가 있었다. 보수성향이 짙은 플로리다와 텍사스 주에서는 백신을 맞으면 좀비가 된다는 말도 안 되는 이야기 때문에 백신을 거부하고 마스크를 쓰지 않는 사람이 많단다. 심지어 미국 플로리다 주지사는 마스크 착용 의무화 금지 명령을 내렸다 하니 마스크를 제2의 백신으로 알고 있는 우리로서는 황당한 일이 아닐 수 없다.

플로리다에 거주하는 의사들이 '코로나 바이러스는 독감보다 더 치명적이고 천연두만큼이나 전염성이 강하다'고 지적한다. 그 때문에 아이들을 위해서라도 빨리 마스크를 써야 한다고 주장을 해도 듣지 않고 있는 상황이다.

그뿐 아니라 미국 콜로라도 주에 거주하는 한 여성은 백신 반대론자라고 주장했다. 그러면서 코로나19가 별 것 아니라며 마트를 방문해서 물건과 비닐봉지 등을 핥는 영상을 인스타그램에 올리기도 했다. 어떤 믿음이 현실을 부정하게 했는지 모르겠다. 보통 우리는 믿음이라 하면 좋은 의미로 생각해왔다. 그런데 유언비어에 가까운 허위 뉴스 등을 맹목적으로 믿고 있다니 그럴 때는 대책이 없다.

우리 집 가훈은 사석위호射石爲虎이다. 『사기』에 나오는 이야기로, 이광이 하루는 사냥을 하러 갔다. 풀숲에 호랑이가 자고 있는 것을 보고 급히 화살을 쏘았는데 꿈쩍도 하지 않았다. 의아한 마음으로 조심스럽게 가서 보니 호랑이처럼 생긴 돌에 화살이 깊이 박혀 있었단다. 이번에도 박히는지 보려고 다시 화살을 쏘았으나 어처구니없게도 화살이 튕겨져 나왔다. 이 말을 아이들에게 하면서 남편은 무엇이든 마음먹은 대로 통한다고 하며 가훈을 설명하고는 했다. 속으로 너무 허무맹랑하다고 생각했는데 요즘의 사태를 보면 사람의 마음이라는 게 참 무섭다. 바람직한 것도 아니고 자칫 수많은 사람들의 건강에 위협을 주게 될 테니 바위라도 능히 맞출 기세가 악영향으로 나타날 게 두렵다.

백신을 거부하는 사람들의 믿음 또한 사석위호쯤으로 볼 수는 있겠다. 나쁘기는 하지만 세상에는 믿음대로 이루어지는 것도 종종 있었으니까. 나만의 문제라면 백신을 맞지 않고도 물리칠 수 있다는 믿음을 증명할 수 있지만 수많은 피해자가 속출할 것을 생각하면 위험천만이다. 아주 작은 피해라도 삼갈 일이건만 목숨을 놓고 허황된 믿음은 금물이다.

우리가 추구하는 가치관은 최소한 다른 사람들에게 피해를 주지 않아야 된다는 것을 전제로 할 때라야 최선의 가치로 부각된다. 백신을 거부하는 사람들 역시 믿음으로 나가는 것도 좋고 믿음을 시험해보는 것도 좋지만 누구에게나 하나뿐인 생명에 관련된 문제다. 나뿐만 아니라 모두의 안위가 염려스러운 만큼 철저한 방역수칙을 지키는 것만이 사상 초유의 상황을 극복하는 타개책이 될 것이다.

무더위가 자연스럽게 물러간 것처럼 세기말적인 전염병도 어느 순간 기세가 누그러지기를 바라본다.

여성, 노인

많은 피해를 주었던 장마도 끝나고 신규 코로나 환자의 그래프도 움직임이 없어 일상으로 돌아가나 조심스럽게 기대하고 있었다. 그런데 지난 주부터 코로나19 신규 발생자가 다시 가파른 상승곡선을 그리며 절망에 빠뜨린다. 이제 정말 일상으로 돌아가지 못할 것 같은 불안이 엄습한다.

내가 소속된 단체 행사들이 9월 초에 예정되어 있었다. 이번 코로나19 확산으로 공연 계약을 모두 취소하였다. 공연자의 한숨소리가 전화기 너머에서 들렸다. 왜 아니겠는가? 코로나보다 굶어죽을 것 같다는 푸념에 마음이 착잡하다.

지난 주에는 큰아이와 부산을 다녀왔다. 잘 알고 지내는 분이 부산에 가서 한달살이를 하고 계신다. 여든이 넘으셨는데 견성하겠다는 마음으로 한 달간 마음공부를 하러 가셨다. 조그마한 오피스텔을 얻어 사찰에 가서 법문을 듣고 나머지 시간 또한 유튜브를 통해서 명상하고 계신다고 했다. 다녀와서 나이 들어 노인으로 살아간다는 것에 대해 생각을 많이 하게 되었다.

그분은 스스로, 너와 나, 좋고 싫음, 옳고 그름의 분별심이 강하다고 했다. 뚜렷이 철학적인 생각 없이 살아오다가 우연히 부산에 계시는 스님의 법문을 듣고 통찰을 하셨다. 삶을 되돌아보고 남은 생 또한 잘 살고 싶어 용기를 냈다 한다. 그 나이에 누구나 쉬운 결정은 아니다. 용기가 필요했을 것이다.

내가 부산에 가는 이유를 말하니 옆에 있던 친구가 이렇게 이야기를 했다. "참 별난 분이시네. 여든이 넘었으면 살 만큼 사셨구만 무슨 마음공부, 견성~." 나 또한 그 말에 동조하는 마음이 컸는지 반박하지 못하고 웃기만 했었다.

그 여사님은 살아온 날보다 살아갈 날이 많지 않는 자신의 삶을 통찰하고 있었다. 앞으로 분별심 없이 살 수 있도록 노력하겠다 하셨고, 그 어느 때보다 밝은 얼굴을 하고 계셨다. 여든이 넘었으니 노인이라고 치부해버리고 돌봄을 받아야 되는 사람으로 생각했다. 감정까지 노쇠했을 거라 생각했던 것이 부끄럽다. 나 자신 노인에 대한 편견과 무지가 그 동안 얼마나 심각했는지 반성하게도 되었다.

내친 김에 〈69세〉라는 영화를 보러가기로 예약을 했다. 이 영화 또한 69세 할머니가 20대 남자 조무사에게 성폭행을 당한 내용을 소재로 한다. 69세 할머니가 참지 않고 고소를 하면서 일어난 실화를 바탕으로 한 영화라고 했다. 영화와 다르게 그 할머니는 아무도 믿어주지 않아 자살을 했고 감독은 그 사건이 내내 마음에 남아 영화로 만들었다는 후기를 읽었다.

현실과 다르게 영화에서는 어떻게 풀어갔는지 궁금하다. 영화관을 검색하다가 별점 테러가 있었다는 글을 읽고 분노가 일었다. 여성 노인을 '무성적 존재'로 봤을 것이며 그러기에 편견은 쉽게 바뀌지 않았을 것이다. 사람들의 반응에 많이 힘들 것이라는 것을 알면서 숨기지 않고 문제를 밖으로 드러내어 연대를 이끌어내고자 하는 주인공의 용기를 보러 가야겠다.

중년인 나도 얼마 후에는 노인 반열에 들어설 것이다. 조금씩 달라지는 신체 변화가 나이듦의 삶을 준비하게 하지만 마음자리는 늘 그대로이다. 정신적인 면과 신체의 변화가 똑같지 않음은 나쁜이 아닐 것이다. 가수 서유석의 '너 늙어봤냐? 나는 젊어봤단다'란 노래를 들었을 때는 웃고 말았는데, 곧 그 가사를 입 밖에 내는 일이 많아지지 않을까 생각도 든다. "청년은 미래를 이야기하고 장년은 현재를 살고 있으며 노인은 과거로 산다"라는 말이 있다. 머지않은 미래에 다가올 노년을 위해 노인이지만 현재를 살기 위해 무엇을 준비해야 하는지 화두가 되었다.

가을 향기

황금들녘의 아름다움에 빠져 목적지 없는 운전을 한다. 금빛들판과 가장 어울리는 옷으로 갈아입고 뽐내고 있는 가을산, 그리고 시리도록 푸른 하늘은 이 시간이 지나면 다시는 볼 수 없는 풍경들이기에 두 눈에 담아두고 싶다. 차를 멈춘다. 문화예술회관에 영화 포스터 펼침막이 높이 걸려 펄럭인다. 그 펄럭임조차 한 폭의 그림이 된다. 교복을 입은 아이들이 삼삼오오 예술회관으로 들어간다. "애들아 너희들 저 영화 보러가는 거니" "영화요?… 아니요 우리는 학교 축제 때문에 가는 거예요" 한다. 아는 만큼 보인다더니 이것 또한 내 관점에서 생각했던 거였다.

내가 고등학교 시절에는 영화를 마음놓고 볼 수가 없었다. 가끔은 선생님들 눈을 피해서 몰래 보는 친구도 있었지만, 학교에서 단체로 허락해주는 영화라야 마음 편히 볼 수가 있었다. 그날은 공부에서 해방되어 맘껏 즐길 수 있는 유일한 스트레스 해소의 통로였다. 게다가 우리 학교뿐 아니라 타학교 학생들과 같이 관람하기도 했다. 인근에 있는 남자 고교 학생들과 같이 보고는 했는데 여학생들은 주로 아래층에서 남자 학생들은 2층에서 봤다.

평소 같으면 함께할 수 없는 학생들이 모이니 모두 들떠서 술렁거렸고 영화 중간중간에 2층 남학생들의 추임새도 한 몫 하는 즐거움이 있었다. 영화가 끝나면 선생님들은 우리가 남학생과 섣불리 어울릴까봐 염려해 일열로 극장 문 앞에 서서 지켰고 우리는 또다시 학교로 돌아가야 했지만 가끔 있는 그 영화 관람은 첫 휴가를 받은 군인들처럼 설레곤 했다.

그런데 "영화요?" 하고 펼침막을 올려다보며 영화를 극장이 아닌 왜 이런 곳에서 보느냐는 듯 의아해하는 여학생에게서 이 가을 내 나이의 무게를 새삼 또 느낀다. 그럼에도 불구하고 좋다. 오늘은 지금 이대로도 좋다. 다시 가을들판으로 나간다. 고개를 숙인 채 일렁이는 곡식들이 아름답다. 이 벌판을 플로어 삼아 춤이라도 한 바탕 추고 싶다.

아직도 가슴을 울리는 알 파치노 주연의 〈여인의 향기〉가 가을이 되면 특별히 생각난다. 괴팍한 퇴역장교 프랑크는 수류탄 사고를 당했다. 두 눈을 잃은 채 살아가던 어느 날 그를 돌보는 아르바이트생 찰리와 뉴욕 여행을 떠난다. 프랑크는 멋진 최고급 여행을 자신의 마지막으로 삼고 여행의 끝은 죽음으로 마무리하려 한다. 그리고 시작한 두 사람의 여행, 그들은 점점 가까워지고 권총 자살을 하려는 프랑크에게 아르바이트생 찰리는 "당신에게는 인생이 있잖아요" 하며 설득한다.

자극적이지도 무섭지도 충격적이지도 않지만 두 사람의 명연기는 지루하다고 생각할 틈도 없이 인상적이었다. 그 중 으뜸이라면 탱고 바에서 아름다운 여인을 유혹해 탱고를 추는 장면이다. 영화를 봤던 많은 사람들이 명장면으로 선정하기도 했었다. 특히 주인공 알파치노의 대사가 아직도 생생하다. 머뭇거리는 여인에게 "탱고는 두려워할 것이 없다. 인생과는 달리, 실수로 스텝이 엉키면 다시 추면 된다"라고 했던 대사를 오늘 이 가을 재해석해서 다시 듣는다. '삶도 두려워할 것이 없다. 실패하면 다시 일어나 앞으로 나아가면 된다.' 참 좋은 가을날이다. 향기로운 가을들판에서 고운 햇살로 나를 다시 피워낸다.

사진 한 컷

사진 속에 싱그러운 내음이 가득 차 있다. 봄을 비집고 돋아난 쑥 사진이 한 컷, 멀리 구름 떠가는 하늘이 한 컷, 잔잔한 물의 정거장 푸른 호수가 한 컷, 북실북실한 털 강아지 한 컷, 총 4컷이다.

오늘 하루 찍은 사진들이다. 그 동안은 별반 관심이 없었는데 '사진치료' 과목을 공부하면서 재미를 느끼고 있다. 담당 교수님은 숙제로 일주일 동안 그날그날의 기분을 사진에 담고 그 중 3컷을 골라 카톡으로 보내라고 하셨다. 일주일 후 그것으로 사진치료 수업을 하게 되는 것이다.

아무려나 사진에 대한 이야기를 하기도 전에 벌써 설레는 마음을 들킨 기분이다. 오늘도 사진을 찍겠다는 생각에 내 기분이 어떤가를 헤아리게 되었고 무심히 지나쳐온 사물도 오늘 따라 세심히 바라보았다. 사진을 찍는 순간 내 이야기가 시작된 기분이다. 우선 봄이 오는 길목에서 에너지와 생명력의 상징인 쑥이 눈에 들어왔고, 우중충했던 겨울 하늘 대신에 갓 세수를 끝낸 것 같은 봄 하늘도 새삼 바라보게 되지 않았던가.

늘 보는 강아지도 막상 카메라에 담고 보니 여느 때와는 색다른 의미로 다가왔다. 아침 나절 택배를 찾으러 공장에 갔었는데 한쪽에 매어둔 녀석이 눈에 들어왔던 것이다. 한 달 전부터 있던 강아지였건만 무심히 지나쳤다가 꼬리를 흔들며 반기는 모습을 찍으면서 나의 무심함을 또 한번 보게 되었다. 사진을 찍는 순간 피사체에 대한 애정과 관심이 새로워진 것 같다. 기왕이면 잘 찍기 위해 다양한 각도로 관찰하다보니 평소 그냥 지나쳤던 털 빛깔이며 눈동자가 새로운 느낌으로 다가오곤 하였다.

예전에 사진이 처음 들어왔을 때 사람들은 영혼을 빼앗긴다고 찍는 걸 싫어했다고 한다. 사진에 대해서 전혀 몰랐을 때는 그럴 것도 같지만. 오늘 사진을 찍으려고 집중하다보니 오히려 사진 속에 영혼이 안착되는 것 같은 기분이다. 내 안의 또 다른 내가 찍힌 채 나를 바라보는 듯했고 무언의 소통을 한 기분이다. 사진을 찍지 않았다면 나를 보지 못했을 테고 나의 판타지에 빠져 꿈 같은 하루를 보내지도 못했을 것이다.

사진을 정리하고 난 뒤 문득 오래된 사진첩을 꺼냈다. 결혼식 사진부터 아이들 사진과 최근 사진까지 들어 있었다. 사진을 통해 오래된 기억과 접속하면서 기나긴 이야기를 나누었다. 그 속에는 통통하니 고왔던 스무 살 때의 내가 있고 훨씬 먼 세월의 강을 건너오면서 살짝 그늘이 진 마흔아홉 살의 내가 들어 있었다. 언제 이렇게 시간이 흘렀나 싶어 마음이 문득 수수로웠지만 사진 속에서 아장아

장 걸음마를 배우던 두 딸이 어느덧 자라 대학교에 입학하면서 찍은 사진을 보니 입가에 미소가 절로난다.

유럽에 처음 사진이 보급되기 시작할 즈음이다. 그때 엄마들은 아기 모습만 온전히 찍은 사진을 보관하고 싶어했다. 우리나라의 홍역처럼 그곳 아이들도 전염병으로 일찍 죽는 일이 흔했다. 만일을 위해서 어릴 적 사진을 찍어두는 것인데 기술이 열악하다보니 시간이 많이 걸렸다고 한다. 그 바람에 아이들이 오래 견디지를 못해서 번번이 실패했다. 엄마가 안고 찍으면 짜증을 내는 일이 없이 무사히 찍을 수가 있었으나 엄마들은 검은 보자기를 들쓰고 있어야 했다. 아이랑 같이 나오게 찍으면 될 텐데 엄마 얼굴이 보이지 않게 찍으려니 검은 천으로 몸 전체를 둘둘 감아야 했다. 그래야만 아기가 혼자 오롯이 나올 수가 있기 때문에 그 방법을 택했나보다.

사진 한 장에도 헌신적인 사랑이 묻어나는 것 같아 찡하다. 본 적도 없는 남의 나라 사람들 이야기지만 오랜 시간 얼마나 답답했을지 상상이 간다. 사진 한 장 한 장, 순간순간이 점으로 연결될 동안 나도 모르게 추억의 오솔길을 따라 걸었다고나 할지. 이제는 가볼 수도 없이 멀어진 기억의 한 모퉁이를 돌아갈 때마다 그때 영상이 스치곤 했으니 사진은 추억을 찍어서 마음에 담아두는 작업이었을까.

앞으로 어떤 수업을 받고 어떤 것을 배울지 잘 모르겠으나 사진을 찍으면서 주변의 사물과 교감할 동안 내 삶을 꼼꼼히 기록하고 싶다. 오래 전의 사진을 놓고 거슬러가다보면 문득 시간의 그네를 타고 오르내리는 내가 보인다. 살같이 흐른다는 아쉬움에 동동거리기보다는 사진을 찍으면서 찰칵 하는 순간마다 쉼 없이 가는 시간에 브레이크를 걸어보는 셈이다. 벌써부터 사진작가가 된 착각에 무척이나 유쾌한 하루였다.

50대의 버킷리스트

어제는 평소 친하게 지내던 분들과 모임이 있었다. 식사를 끝내고 밖에 나와서 이야기를 나누던 중 수목장 이야기가 나왔다. 나보다 10년 연배고 이제 막 70대에 들어서는 분들의 관심사라 귀 기울여 들었다. 한 분은 얼마 전 부인과 사별하고 수목장으로 치른 뒤 월요일마다 나무 주위에 심어놓은 꽃을 돌본다고 했다. 이런저런 이야기도 나누고 잘 커가는 모습을 보면 우울했던 마음이 좀 가라앉는다며 괜찮은 방식이라고 거듭 말씀하셨다.

옆에 계신 또 다른 지인은 주목나무 두 그루를 밭에 심어두었다고 한다. 부부가 죽은 다음에 묻힐 나무라 했다. 매장 문화는 자식들에게 부담일 수 있고, 화장을 해서 뿌리면 서운해할 것 같아서 수목장을 선택했다고 한다. 주목나무 아래 묻히고 나면 아이들이 와도 소풍 같은 기분이 들 테고 나무 아래서 놀다가면 좋지 않겠냐는 것이다. 그래서 먼 훗날 자기가 이 세상에 없어도 그 다음 풍경이 그려지기에 주목나무를 보고 있으면 참 편안하단다.

나 또한 살아온 날보다 살아갈 날이 적은 나이라는 생각은 들었지만 죽음은 저 멀리 있다는 생각과 장례를 준비해야 할 만큼의 나이도 또한 아니라는 생각이 더 크다. 하지만 지인들의 이야기를 듣다가 버킷리스트bucket list를 작성해보고 싶었다. 이는 죽기 전에 꼭 해보고 싶은 일과 보고 싶은 것들을 적은 목록을 의미하며 '죽다'라는 뜻의 '킥 더 버킷kick the bucket'으로부터 만들어진 말이다. 중세 시대에는 형을 집행할 때 목을 맨 뒤 양동이bucket를 뒤집어서 그 위에 올라서면 양동이를 걷어차는 것으로 형을 집행했고 이로부터 '킥 더 버킷'이라는 말이 전해진 것이라 한다.

갑자기 죽기 전에 해보고 싶은 일과 보고 싶은 것을 적고자 하니 참 무거운 느낌이 들어 노트를 밀쳤다. 그러다가 가볍게 내가 가보고 싶었던 곳, 보고 싶었던 사람, 해보고 싶었던 일을 정리해보는 것도 나쁘지 않겠다는 생각을 하면서 다시 노트를 펼쳤다.

요즈음에는 20대의 버킷리스트, 30대의 버킷리스트 등 연령대 별로 가볍고 편안하게 작성하고 실천해나가고 있는 사람들이 많다. 그래서 앞으로 10년 동안 해보고 싶었던 일들을 적어보았다. 적고 보니 뜻밖에 많다. 20여 가지나 되었다. 그 중에서 10가지를 최종 정리했다. 10년 안에 해보고 싶은 것들이니 다시 말하면 10년 계획이라 하겠다.

꼼꼼히 작성하고 나니 어쩐지 허탈한 마음과 함께 숙연해진다. 정작 중요한 것은 그 목록이 아니라 이 마음이 얼마나 갈지가 관건이라는 생각 때문이다. 1년 계획도 연초에 세우지만 곧 흐지부지되고 말았던 일들이 많았다. 같은 맥락으로 죽음을 염두에 두고 살아야 하는 절박함도 없으니 또 계획만 세우고 마는 건 아닌가 하는 생각이 들었다. 그런데 리스트를 들여다보고 있으니 점점 비장함이 묻어남은 왜였는지 모르겠다. 버킷리스트가 죽음을 전제로 해서 만드는 미래의 계획표라면 긴장의 연속인 삶에서 얻는 성취감도 괜찮을 거라고 본다.

가령취加齡臭

아침에 문우가 핸드폰 밴드에 문정희 시인의 「보고 싶은 사람」이란 시를 올렸다.

아흔셋 하얀 노모가 자리에 누운 지/ 사흘째 되는 날/ 멀고 가까운 친족들이 서둘러 모여들었다./ 어머니 이제 마지막으로요…/ 이 말은 입 밖에 내지 않고/ 그냥 울먹이는 소리로/ 어머니! 지금 누가 젤 보고 싶으세요?/ 저희가 데려올게요/ 그때 노모의 입술이 잠시/ 잠에서 깬 누에처럼 꿈틀하더니/ "엄마…!"라고 했다/ 아흔셋 어린 소녀가/ 어디로 간지 모르는 엄마를/ 해지는 골목에서 애타게 찾고 있다.

이 시를 읽고 나서 한참 동안 가슴이 먹먹했다. 오후에 우리 지역 노인회에서 행사가 있다고 초대를 받았다. 하지만 또 다른 모임 때문에 참석할 수가 없었는데 시를 읽고 나서 행보를 바꿨다. 이제는 다시는 볼 수 없는 엄마 대신 엄마의 냄새가 맡고 싶었다.

단체장을 맡아 내빈으로 참석한다는 것이 늘 쑥스러웠다. 행사

시작 시간 10분 전에 도착했는데 이미 2층에 자리한 행사장을 어르신들이 가득 채웠다. 내빈석에 앉아 어색한 마음으로 두리번거리는데 건너편 벽에 '노인 십계명'이란 제목으로 액자가 하나 걸려 있었다. "냄새가 나지 않도록 몸을 청결히 한다(향수를 사용하는 것도 한 방법). 속내를 감추지 않고 그대로 드러낸다. 노인이라는 것이 직위도 자격도 아니라는 것을 깨닫는다" 등등 열 가지의 계명이 적힌 액자가 있었다. 그 중 첫 번째가 가장 고개를 끄덕이게 만들었다. 냄새가 나지 않도록 청결히 한다는 계명이었다.

언제부터인지 나도 자꾸 가령취加齡臭에 신경을 쓰게 되었다. 가령취는 우리가 흔히 쓰는 노인냄새를 뜻한다. 나이齡 먹어서加 나는 냄새臭가 가령취다. 아직 노인이 되기에는 멀었다는 생각을 하면서도 대중 버스를 이용해 서울에 갈라치면 옆자리 사람이 여간 신경 쓰이는 것이 아니다. 그래서 옷차림에 각별히 신경도 쓰고 향수를 뿌리고 나가게 된다.

이 가령취의 원인은 '노네날'이라는 물질 때문이란다. 이 물질은 40대 이후부터 생성되는데 지방산의 하나인 9-헥사데센산이 과산화지질過酸化脂質이란 물질로 산화됨으로써 발생한다고 한다. 다시 말하면 중년 이후 신진대사 저하로 인하여 발생하는 냄새이다. 그러니 얼마나 서글픈 일인가? 이 냄새가 싫다고 손자들이 가까이 오지 않는다는 말을 많이 듣는다. 어쩔 수 없이 겪게 되는 일이지만, 원인을 알기에 더욱 청결을 생활화하면 예방할 수 있을 것이란 생각으로 위안을 삼는다.

우리나라 노인 인구는 점점 증가하고 있다. UN은 65세 이상 노인 인구 비율이 7%이상이면 고령화사회, 14% 이상이면 고령사회, 20% 이상이면 초고령화사회라고 명명했다. 우리나라는 2000년 고령화사회로 접어든 후 2020년 노인인구가 15.7%를 넘어 이미 고령사회로 접어들었다. 얼마 전 뉴스에서도 우리나라 평균 출생아 수는 1명이 채 되지 않아 인구절벽이라는 우려의 뉴스를 보도하면서 덧붙여 노인 인구는 점점 늘어나고 있다고 강조했다.

늘어나는 노인 인구에 따라 자주 등장하는 기사는 그리 밝지 않다. '노인의 소득과 여가는 10년 전보다 크게 나아지지 않음' '여전히 노인들의 자살률은 높고, 행복지수도 그다지 높지 않는 것이 사실' 등의 타이틀을 달고 기사가 나오고 있다. 빈곤, 고독, 건강 등의 노인 문제가 해결되지 못해 생긴 사건들이다. 고령사회로 접어들었으니 앞으로 더 자주 접하게 될 소식들이기에 마음이 더 무겁다.

아침에 발송된 시로 인해 오늘 하루는 엄마와 아버지, 그리고 노인들을 생각하는 하루가 되었다. 영원할 것 같았던 젊음도 시들어 가고 있음을 신체 변화에서 느낀다. 이제 나도 그 대열로 들어가는 시간이 얼마 남지 않았다. 어차피 거부하지 못할 것이라면 당당히 맞서고 싶다. 아직 준비할 시간이 있다는 것에 감사하면서….

그래서 아름다운 중년

사진 찍는 것을 좋아했다. 예쁜 꽃이나 아름다운 풍경 앞에서는 어김없이 포즈를 취했다. 그런데 어느 순간부터 카메라 앞에 서는 것을 멀리한다. 어디 카메라뿐인가 거울 보는 것도 두렵다. 갱년기에 접어들면서 살이 쪄서 허리는 고무 튜브를 둘러놓은 듯하고 머리는 염색을 시작했고 노안이 와서 안경은 다초점렌즈로 바꿨다. 수십 년간 한쪽으로만 자는 습관으로 인해 왼쪽 뺨에 깊숙이 자리한 팔자주름은 날 우울하게 한다. 겉으로는 "자연스럽게 늙는 것이 최고로 아름답지"라고 말하고서도 인터넷 창에 '보톡스 주사'를 검색하고 있는 나를 발견할 때 서글퍼진다.

아이들은 다 커서 내 손길이 필요 없게 되었고 남편은 바쁘다는 이유로 얼굴 보기도 힘들다. 그렇다고 돈을 많이 벌어 노후대책을 해놓은 것도 아니고 이래저래 생각이 많은 요즈음 케임브리지대학교 생물학자이자 동물학자인 데이비드 베인브리지의 『중년의 발견』이라는 책을 읽게 되었다. 결론부터 말하면 큰 위안을 얻는 것을 넘어 이 책을 접하게 된 것에 감사하기까지 하다.

이 책에 의하면 인간의 중년기는 다른 생물종에서는 발견되지 않는 인간 고유의 현상이라고 한다. 단순히 노년기로 가는 과정이 아니다. 정신적이나 육체적, 성적으로 독특한 에너지가 있다. 다른 생물들과는 달리 번식 활동이 끝난 다음에도 40세 이상을 살 수 있는 중년 유전자를 가졌다는 것인데 그 임무는 자식을 부양하는 것이다.

수많은 사람들이 겪었던 저마다의 중년은 수백 년간 진화하여 만들어낸 값진 시간이다. 인간은 태어나 오랜 성장기를 갖는다. 그래서 천천히 자라는 자식을 부양하는 것이 중년이 떠안은 과제이자 존재 이유다. 그러기에 중년에 접어들면 흰머리가 생기고 주름이 늘고 피부에 탄력을 잃는 것도 생식의 의무가 아닌 부양의 의무를 다하라는 뜻이다. 이성을 유혹하기 위한 외모의 매력이 줄어든 대신 지혜롭고 여유로운 제2의 인격으로 탄생한다는 얘기다.

중년은 또 인지력이 가장 뛰어난 나이라고 한다. 중년의 뇌는 구술능력과 공간인식능력, 계산과 추리력, 계획 세우기에서 청년기의 뇌를 앞선다는 것이다. 젊다는 이유 하나만으로 그 동안 질투를 느꼈던 청년들보다 더 뛰어난 뇌를 가졌다 하니 이 또한 행운이라고 아니 말할 수 있겠는가?

이 책에서는 중년기에 고민하는 부정적인 이야기들을 과학적 증거를 들어 풀어내주고 있다. 폐경기의 여성의 감정, 중년의 성 등을 과학적 증거를 들어 알려준다. 우울해지는 것은 사실이지만 생각만 바꾸면 오히려 탄력적이다.

100세시대를 살아가면서 중년은 40~60대까지라고 한다. 이 많은 시간을 중년으로 보낸다. 이제 나는 중년의 한가운데 와 있다. 중년을 재발견을 하게 되니 마음이 한결 편안하다. 이제라도 마음을 바꿔 행복한 중년을 마음껏 누릴 수 있으면 누구나 더 바랄 게 없을 것이다. 중년의 위기의식을 느끼거나 괜히 중년이 서글퍼지는 사람에게 이 책을 권하고 싶다.

자연인을 꿈꾸다

강의를 나가고 있는 학교 학생들이 초대장을 보내왔다. 동아리 프로그램 일환으로 힐링캠프 행사를 한다는 것이다. 거리가 멀기도 하거니와 초가을이라 지역 행사가 많았다. 망설이다가 학생들이 모처럼 초대한 것이라서 기차를 탔다.

얼마 후 도착해보니 아늑한 산자락에 있는 콘도 하나를 빌려 마당에 무대를 만들고 있는 중이었다. 우리 말에 춥지도 덥지도 않다는 말이 있는데 오늘이 그날인 것 같다. 거기에 노을까지 아름답게 물들어 나무의자에 앉아 바라보고 있으니 오랜만에 평온함을 느꼈다.

요즘 취업해서 업무에 적응하느라 스트레스를 많이 받는지 딸들이 번갈아가며 하소연을 한다. 때려치우고 산속으로 들어가고 싶단다. 산속에 살아보지도 않았으면서 왜 많은 사람들이 스트레스를 받으면 산속으로 들어가고 싶다고 하는지 오늘 조금 이해할 것 같다. 올려다보니 콘도를 둘러싸고 있는 산과 그 위로 그만큼만 보이는 하늘, 서쪽에 스러지는 붉은 노을까지 나 혼자만을 위한 세상인 듯 진짜 힐링이다.

지난 번 친구들 모임이 있었다. 수다를 떨던 중, 남편들이 가장 좋아하는 텔레비전 프로그램이 〈나는 자연인이다〉란다. 6명이 모였는데 5명의 친구들이 하는 말이었다. 남편들이 빼놓지 않고 시청하면서 그들처럼 살고 싶은 로망을 갖는다고 했다. 남편이 리모컨을 쥐고 있으니 함께 시청할 수밖에 없다며 그들 중에 특이했던 출연자 이야기를 한참 했다. 남편한테, 그렇게 좋으면 산속으로 들어가라 했단다.

그런데 계속 시청하다보니 간섭받지 않고 뜻대로 사는 삶이 멋진 삶이라는 생각이 들더라며 이야기꽃을 피웠다. 나도 처음에는, 산에서 먹을 것을 채취하거나 재배한 것으로 밥 해먹고 사는 원시인 같은 이야기에 얼마나 공감할 수 있을지 궁금했다. 그런데 스트레스를 받은 남성들이, 자기만의 동굴로 들어가기를 소망하다보니 자연인을 다루는 프로그램의 시청률이 높아졌다. 직접 자연인으로 살지는 못하지만 그들의 안식처에서 위안을 받고 싶었나보다.

'원시의 삶 속 대자연의 품에서 저마다의 사연을 간직한 채 자연과 동화되어 욕심 없이 살아가는 이들의 이야기를 담은 프로그램'이라는 의도를 가지고 제작했다고 한다. 제작 의도처럼 출연자 모두 각각의 사연을 가지고 깊은 산속이나 무인도에서 혼자만의 생활을 하는 사람들이다. 때로는 돈키호테 같은 사람도 나오고 때로는 삶을 회피하는 것처럼 보이는 삶의 이야기도 있고 안타까운 사연도 전파를 타고 있다. 시청률도 꽤 높은 편이다.

우리의 삶은 고난과 스트레스의 연속이지만 털고 떠나기가 쉽지 않다. 하루에도 몇 번씩 때려치우고 싶은 직장, 다람쥐 쳇바퀴 돌듯이 계속 되는 일상의 지루함, 단 몇 시간만이라도 혼자만 쉬고 싶은 마음, 이것이 우리의 모습이며 우리네 일상이다. 이런 사람들이 프로그램을 보면서 대리만족을 느끼는 것이리라. 우리가 스트레스를 극복하는 방법이라고 해야 기껏 여행 정도이니 일상이 여행처럼 느껴지는 이 프로그램이야말로 동경의 삶일 것이다. 그 모임 이후 텔레비전 채널을 돌리다가 재방송이 나오면 나도 모르게 보게 되니 마력이 있는 프로그램이 맞긴 맞는가보다.

아침 일찍 전화가 왔는데 작은아이였다. 어제 전화로 푸념과 짜증을 한바탕 쏟아낸 후라 전화를 받기까지 그 짧은 순간 만 가지 생각이 머리를 스쳤다. 다행히 건강검진을 받았는데 병원이 깨끗하고 친절해서 아빠 엄마도 이곳에서 건강검진을 한번 받았으면 좋겠다는 생각에 전화를 했다고 한다. 엄마한테 속상한 마음을 풀어내고 다시 일상으로 돌아가서 다행이다 싶으면서 앞으로 살아가면서 수십 번은 같은 말을 되풀이할 것이라는 생각에 마음이 짠하다.

눈부신 4월을 보내며

아침 나절에 "잘 지내지? 보고 싶구나"라는 카카오톡 메시지를 받았다. "네 저도 뵙고 싶어요. 3시까지 모시러 갈게요. 복숭아꽃이 예쁘게 피었어요. 꽃구경 가요." 자주 안부를 묻지 못한 죄송한 마음에 바쁜 일정을 미루고 짬을 내서 만나기로 했다.

처음 만났을 때 여사님은 지금 내 나이였다. 늘 여유 있는 모습이고 마음씀씀이 또한 넉넉하셔서 주변 모두는 사랑하고 존경했다. 유난히 나를 예뻐하셔서 오랜 세월 사연을 공유해왔다. 80이 가까운 나이다보니 부쩍 기운이 없고 아픈 곳이 많아지더니 급기야는 모임도 나오지 못하신다. 한번 뵈러 간다면서 두세 달이 지나버렸다. 그래도 탓하지 않고 오늘도 먼저 연락을 주셨다.

모처럼 복숭아꽃축제를 하는 곳으로 나들이를 갔다. 여사님은 늘 5월을 가장 사랑한다고 하셨다. 그런데 일 년 중 가장 아름다운 계절이 이제는 4월로 바뀌어야 할 것 같다고 하면서 죽기 전에 또 뭐가 바뀔까 하시는데 그 쓸쓸함에 가슴이 먹먹했다. 지구 온난화현상으로 꽃 피는 시기가 예년보다 빨라졌다는 말씀이셨고 그래서 4월이 가장 아름다운 계절이 되어버렸다는 의미였다. 맞는 말이다. 오늘 지천으로 핀 꽃과 연초록 새싹들 합주는 그 싱그러움에 저절로 탄성이 터지게 한다.

절정의 복숭아꽃이 황홀하다. 길 양쪽으로 펼쳐진 복숭아꽃 물결은 보고만 있어도 행복하다. 중국 당나라 양귀비가 복숭아꽃 아래서 현종玄宗과 저녁을 즐겼다는 이야기를 책에서 읽은 후로 복숭아꽃밭을 지나갈 때면 상상해보곤 한다. 그리고는 꼭 한번 나도 꽃그늘 아래 앉아 근사한 밥상은 아니더라도 차 한 잔을 하고 싶다는 생각을 곁들이고는 했다. 복숭아꽃 아래는 아니더라도 꽃이 잘 보이는 찻집에서 차라도 마시겠다는 생각으로 가물가물한 기억을 더듬어 찾아갔다.

찻잔을 마주하고 여사님을 쳐다보니 곱던 얼굴이 할머니가 되어버렸다. 영원한 것은 없다지만 오늘 하루 영원한 것에 대한 생각을 많이 했다. 80 나이를 생각하면 앞으로 몇 번이나 더 모시고 나들이를 올지 모르겠다. 여사님과 만나면 늘 리더는 여사님이 하셨고 나는 따라갔었다. 그런데 언제부터인가 내가 원하는 곳으로 모시면 '좋아, 좋다' 하면서 소녀처럼 기뻐하신다. 그 모습이 더 애잔하다. 친정엄마가 돌아가신 후로 많이 의지하고 있는데 앞으로도 더욱 건강하셨으면 좋겠다는 바람이다.

텔레비전에서도 역사적 만남을 생중계하고 있다. 종일 남한과 북한의 정상회담이 열리는 장면을 방송으로 내보내고 있어 평화에 대한 기대감을 갖게 되고 두 정상이 판문점에서 악수를 할 때는 감격의 눈물도 흘렀다. 음식점에서는 몰라도 찻집에서는 좀처럼 볼 수 없었던 풍경, 텔레비전이 켜져 있다. 그래도 누구 한 사람 당연한 듯이 함께 두 정상의 만남을 지켜보았다. 옆 테이블 아저씨는, 예전 같으면 북한 김씨일가가 남한으로 내려온다는 것은 상상을 못할 일이라고 하셨다. 그러시면서 "세상 참 많이 변했다 변했어"를 계속 되뇌고 있었다.

4월은 분단국가인 우리나라 국민에게는 성장과 변화라는 역사적인 달이 되었다. 2018년 세계적으로 최고 이슈가 된 오늘을 우리 모두는 잊지 않고 기억할 것이다. 도보다리에서 이루어진 두 정상의 회담은 만남이라는 단어를 떠올릴 때마다 그 이미지가 형상화될 것 같다. 나에게도 오늘 하루는 의미 있고 즐거운 만남이 있는 날이었다. 20년 후 내 모습을 가늠해볼 수 있었고, 요즘 들어 부쩍 잘 살고 있는 것인가에 대한 고민의 답도 조금은 얻을 수 있는 하루였다. 아름다운 꽃잔치는 당분간 계속 될 것 같다.

멈추지 않는 시계

"큰 사랑에 눈을 뜨자! 우리 청년시대는 부모의 사랑보다 형제의 사랑보다 처자의 사랑보다 일층 강인한 사랑이 있는 것을 각오하였다. 나의 우로와 나의 강산과 나의 부모를 버리고라도 이 길을 떠나간다는 결심이다."

윤봉길 의사의 어록이다. 「장부출가생불환丈夫出家生不還」'사내 대장부가 집을 나가 뜻을 이루기 전에는 살아서 돌아오지 않는다'라고 하며 1930년 독립운동을 위해 중국으로 떠났다. 윤봉길 의사는 중국에서 김구 선생님을 만났고 한인애국단에 입단하였으며 1932년 4월 29일 상하이 홍커우공원 의거로 세상을 흔들었다. 그의 나이 25세였다.

어버이날이라 시댁인 예산에 갔다가 점심을 먹고 예산군 덕산면에 있는 윤봉길 의사 기념관으로 나들이를 갔다. 오랜만에 가본 기념관은 예전보다 더 정갈하게 다듬어져 있고 많지는 않았지만 관람객도 있어 쓸쓸하지는 않았다.

결혼 전에 예산에 있는 지역신문사에서 근무했다. 3월에 입사하고 한 달 뒤 4월에 윤봉길 의사를 기리는 '매헌문화제'가 열렸다. 내 첫 기사가 매헌문화제에 관한 것이었다. 그래서 축제장 이곳저곳을 다니면서 애국정신을 담고자 했다. 좀 더 심층적인 내용을 위해 인근에 사는 사람들을 만나 널리 알려지지 않은 이야기를 전해 듣기도 했다. 그런 연유로 윤봉길 의사에 관한 이야기가 매스컴을 통해 나오면 귀를 쫑긋 세웠지만, 다시 방문하기까지는 이렇게 많은 시간이 흘렀다.

다른 기념관 방문 때보다 꼼꼼히 살펴보았다. 특히 김구 선생님과 바꾸었다는 시계 앞에서는 가슴이 뭉클했다. 김구 선생과 마지막 아침식사를 하면서 자신의 새 회중시계와 교환했다고 한다. 한 시간 후 거사를 치르면 자신의 시간은 멈추고 그럼 그 새로 산 시계는 필요 없기에 김구 선생님의 낡은 시계와 바꿨다는 설명이 동영상을 통해 흘러나왔다. 그날 아침의 식탁이 그려지고 윤봉길 의사의 한 시간이 의미하는 무게가 느껴져 숙연해졌다. 윤봉길 의사와 같은 분들이 있었기에 오늘의 우리가 있다. 그날의 시계는 멈췄지만 멈춘 시계 덕분에 우리의 시간은 멈추지 않고 역사는 흘러가고 있음을 잊고 사는 것 같아 부끄러웠다.

집으로 돌아오는 길에 대통령선거 이야기로 아이들과 열띤 토론을 하고 조국을 위해 목숨을 바친 순국선열들이 그리워서 유관순 열사의 기념관을 거쳐 독립 기념관까지 들렀다가 왔다. 그분들이 없었다면 오늘의 우리가 있을 수 있겠는가? 새삼 고개를 숙여 감사한 마음과 숙연한 마음으로 둘러보고 그분들의 나라사랑을 가슴 깊이 새겼다.

작은아이는 어려서부터 국경일이 되면 태극기를 꼭 달아야 했고 기념식 또한 텔레비전을 통해 챙겨보는 아이었다. 초등학교 4학년 때는 3·1절 아침에 태극기를 몸에 두르고 40여㎞ 떨어져 있는 독립기념관으로 행진을 해야겠다고 나서는 바람에 달래느라 애를 먹기도 했다. 그것을 본 친척들도 전생에 유관순 열사였나보다고 웃기도 했는데 그런 아이들이 자라서 좋은 대통령을 뽑아야 한다고 열변들을 토해낸다.

내년 3월이면 20대 대통령선거다. 후보자 나름 다 국가를 위해서 모든 것을 바칠 각오라고 하며, 자신들만이 이 나라를 바르게 이끌어 갈 수 있다고 한다. 나라를 사랑하는 사람들이 많다는 것은 좋은 일이다. 그들 모두가 대통령이 될 수는 없겠지만 그 마음이 식지 않기를 바라본다. 그 어느 때보다 관심이 높은 대통령선거다. 코로나로 인해 어려운 시기이고 온 국민이 새로운 시대를 바라고 있다. 각계각층 국민들은 대통령에게 바라는 바가 다를 것이다. 하지만 가장 기본인 국민과 소통하는 대통령이었으면 하는 바람, 아울러 미래를 향한 우리의 시간이 다시는 멈추지 않기도 바라본다.

공감, 실감

이번 설날은 유난히 포근하다. 조카들과 산소를 가는 길이 마치 봄나들이인 듯 설레기까지 했다. 각자 2020년 한해 계획했던 일들을 이야기한다. 새해를 시작한 지 한 달밖에 되지 않았는데 핑계 아닌 핑계를 대는 것에서 내 모습을 본다. 나도 연초에 올해는 책을 열심히 읽자는 다짐을 했고 틈나는 대로 읽으려고 시집을 차 안에 넣고 다닌다. 그런데 틈이 나면 핸드폰으로 먼저 손이 가서 책은 자동차 뒷좌석에서 잠을 자고 있다. 흐지부지해져버린 책 읽기 다짐을 다시 한번 상기해본다.

시를 쓰지는 않지만 읽는 것은 누구보다 좋아한다. 특히 문학소녀 시절에 암송했던 시들은 아직도 머릿속에 그대로 남아 있다. 낭만파 시인 바이런은 요즘 말로 나의 '최애' 시인 중 한 사람이었는데 그의 유명한 시 중에서 「너는 울고 있었다」란 시를 가장 좋아했다. 내 또래의 사람들은 바이런을 시인으로 기억하겠지만 우리 후대들은 그의 시보다는 "아침에 일어나니 유명해졌다"는 말을 한 사람으로 기억하고 있을 것 같다. 그런데 지금 대한민국에서 바이런의 말을 실감하게 하는 한 사람이 있다.

연말과 연초에 걸쳐 이탈리아 여행을 다녀왔다. 그리 길지 않은 시간이었지만 시차 때문인지 쉬 잠이 오지 않았다. 핸드폰으로 그 동안의 뉴스를 검색하는데 가수 '양준일'에 관한 기사가 많이 올라와 있었고, 유튜브에서도 그의 동영상이 메인 화면에 떠 있었다. 그 옛날 20대의 외모도 범상치 않았지만 지금 50대의 외모도 상당히 매력적인 그에게 끌려 잠 안 오는 밤에는 그의 기사를 검색해봤다. jtbc 손석희의 뉴스룸의 앵커 브리핑에 이야기 주인공으로 등장하기도 했고 또 문화초대석에 나와 손석희 아나운서와 했던 인터뷰 내용도 다시 보면서 그의 삶과 음악에 묘한 끌림을 느꼈다.

양준일은 재미교포로 1991년에 한국에서 가수 생활을 했지만 그리 유명하지는 못했고 문화적인 차이 등으로 견디지 못하고 상처를 받고 미국에 들어갔다. 30대에 또 한번 한국 무대에 진출했지만 실패했다고 한다. 그런데 인터넷 강국답게 유튜버들이 과거 인기가요 영상을 올렸는데 양준일의 뮤직비디오가 폭발적인 인기를 얻었다고 한다. 그 인기 덕분에 〈슈가맨〉이란 프로그램에 출연했고 미국 레스토랑에서 서빙을 하던 그를 팬들이 소환해서 지금의 인기를 구가하며 양준일신드롬을 일으키고 있다.

양준일 또한 바이런과 같이 자고 일어나니 유명해졌다는 말을 실감할 것 같다. 그래서 그런지 그는 그 누구보다도 겸손하고 지금의 이 인기에 감사한다는 말을 몸으로 표현하고 있다. '시대를 앞서간

천재 가수' '시간여행자'라는 수식어가 붙은 그가 앞으로도 음악과 함께 오래 행복하기를 바라본다.

사람들이 양준일에게 열광하는 것은 단지 그의 빛나는 성공 때문만은 아니리라. 우리는 그에게서 우리의 과거와 현재를 보며 함께 공감했다. 여전히 열정으로 가득차 있는 그의 얼굴을 보며 내 가슴 저 밑바닥에 숨겨져 있던 무언가가 올라와 울컥했다. 그것은 어쩌면 양준일과 50대를 같이 살아가고 있는 내가, 그리고 우리가 잃어버린 희망, 꿈, 성공을 그 유연한 몸짓에서 다시 보았기 때문은 아닐까?

잊혀 있던 그를 다시 세상으로 나오게 한 젊은세대들은 그에게서 무엇을 보았을까? 처음에는 시간이 지났음에도 변하지 않는 그의 외모에, 이후에는 그의 외모에 가려져 있던 그의 성품 그리고 드라마틱한 스토리에 팬이 되었다고 한다.

그가 지금까지 꺼트리지 않고 지니고 있던 열정을 그들도 자연스레 느끼게 되어 열광하게 된 것일까. 꿈과 희망을 잃어간다고 말하는 젊은세대들도 마음속의 열정을 버리지 못해 그에게 공감하게 된 것이 아닐까.

"이 세상에 열정 없이 이루어지는 위대한 것은 아무것도 없다"라고 말한 게오르크 빌헬름의 말이 오늘 따라 가슴에 와닿는다. 2020년 올해 내 다짐이 빛을 잃어가면 양준일의 영상을 보리라. 그의 몸짓에서 내 다짐을 다시 떠올려보련다.

어디쯤 서 있을까?

아파트 내에 있는 인도를 파헤치는 공사가 며칠째 진행 중이었다. 아직은 보도블록을 교체할 정도는 아닌데 안내문도 없어 무슨 공사를 하는지 궁금했다. 그런데 어제 아파트 입구에 있는 경비실에서 택배를 찾아오면서 걷는데 뭔가 이상한 느낌이 들었다. 유심히 보니 인도가 절반으로 줄어들어 있었다. 좁은 인도를 걷다보니 안정감도 없고 자꾸 화단 쪽으로 내 몸이 기울어서 걷게 되었다. 무엇 때문에 공사를 했는지 짐작할 수 있었지만 뭔가를 빼앗긴 듯 억울한 생각이 자꾸 들었다.

예상한 대답이 나올 줄 알면서도 아파트 관리소장을 만나 물어보았다. 주차장에 차를 세웠다가 빠져나갈 때 회전 반경이 좁아서 불편하다는 민원이 들어와서 반상회 결정에 따라 인도를 줄이고 주차장을 넓혔다고 했다. 그 동안 반상회의에 참석하지 않았으니 할 말은 없다. 하지만 그다지 불편하지 않았는데 그 작은 불편함도 참지 못하고 인도를 반으로 줄여버렸다니 아쉬운 마음이 컸다. 내가 회의에 참석해서 반대 의사를 던졌으면 어땠을까? 국민투표는 꼭 참여해서 소중한 한 표를 행사해야 한다고 늘 말했다. 그런데 반상회를 한다는 안내문을 보면서도 참석하지 않았던 무관심에 부끄럽고 화가 났다.

결혼해서 아이들과 주택에 살다가 직장을 다니게 되면서 아파트로 이사를 왔다. 그리고 그나마 다른 아파트보다 녹지 공간도 많고 조용한 것이 마음에 들어 오래 살고 있다. 이사를 가고 싶다고 말하면 남편은 우리 동네에서 여기만큼 쾌적한 아파트가 없다며 앞집을 사서 베란다를 터서 살라고 할 정도로 마음에 들어 했었다.

나 또한 이사 와서 아파트 뒤쪽 화단과 나무들 사이를 산책할 수 있어서 좋았고 여름이면 화단 옆에 앉아 석양을 즐기고는 했다. 그런데 2~3년 전 내가 그렇게 사랑했던 아파트 뒤 화단을 없애고 주차장으로 만들어버렸다. 아파트를 지을 당시에는 한 집에 한 대의 주차공간을 확보했는데 시간이 지나면서 많은 세대가 2대의 차량을 소유하게 되면서 주차대란이 일어났다. 귀가가 늦은 날은 주차공간 부족으로 애를 먹었다. 화단과 나무를 없애는 것이 아쉬웠지만 집으로 찾아온 반장에게 어쩔 수 없이 동의했다.

하지만 크게 불편하지도 않은데 인도를 줄이고 주차공간을 넓힌 것은 씁쓸하다. 이사를 올 당시만 해도 창문을 열면 산과 밭이 한눈에 들어왔다. 봄이면 진달래꽃을 보며 봄이 왔음을 알았고, 여름에는 감자와 옥수수를 수확하는 할머니를 보면 밭으로 달려가 금방 수확한 감자와 옥수수를 사다 쪄서 먹기도 했다. 그런데 지금은 그

밭에 건물이 들어섰다. 지금도 아파트 앞에 있는 산과 논은 끊임없이 공사를 하고 있다. 일요일인 오늘도 창문을 열어두고 잔 탓에 시끄러운 굴삭기 소리에 잠을 깼다. 이러다가는 '편리'라는 미명 아래 우리가 설 공간도 없어져버리는 게 아닌가 하는 불안함까지 든다.

우리는 끊임없이 편리한 것을 추구하며 산다. 누구는 인간의 이런 추구가 과학과 지식을 발전시켰다고 말하기도 한다. 하지만 편리함 때문에 잃어버린 것들은 어디서 찾을 것인가? 산업의 발달로 편하게 살고 있지만 지구 온난화는 비례하여 심각성을 더해간다. 생명의 근원인 물과 땅의 오염, 생태계 파괴로 인한 어두운 그림자들을 하나하나 열거하지 않더라도 그 심각성에는 다들 공감한다.

요즘 온 나라가 가뭄으로 걱정이다. 우리 동네에서 가장 큰 저수지도 바닥을 드러내고 있지만 비가 올 거라는 소식은 없다. 이런 사태도 지구 온난화와 무관하지 않을 것이다. 앞을 내다보지 못하고 눈앞의 일만 생각하는 얄팍한 마음으로 화단을 없애고 논밭을 없애고 산을 없애니 지금 지구가 이렇게 병들어가고 있는 게 아니겠는가?

처방전

가을의 문턱에 접어드니 소속되어 있는 모임과 단체의 크고 작은 행사가 많다. 참석하다보면 많은 사람을 만난다. 분위기에 휩쓸려 하지 말았어야 하는 말도 하게 된다. 어제처럼 상대방의 아주 작은 실수도 그냥 넘기지 못하여 기어이 지적하고 집에 돌아와 복기하며 성찰의 시간으로 아주 오랫동안 잠들지 못한다.

처음 모임을 시작할 때는 그 자체가 좋아서 시작했고 누구를 만나든 즐겁고 행복했다. 내가 중심에 서지 않아도, 관심을 받지 않아도 서로 공통의 관심사에 대해 논할 수 있다는 것만으로 충분했다. 앞서서 이룬 선배들을 보면서 부러워하고 나도 저렇게 잘해보겠다는 생각으로 의지를 불태우기도 했다. 그러다가 많은 시간이 흐르고 그 시간 속에 잠식당해 초심을 잃어버렸다. 이런 날은 내가 다니는 절을 간다. 그리고 경내를 돌며 조용히 침잠하는 시간을 갖는다.

불상 앞에 앉으니 지난 번 들었던 스님의 법문이 생각난다. '도로徒勞아미타불'이란 말의 유래를 들었다. 우리가 쓰는 말 중에 '도로'

라는 말이 있다. '도로 시작하자' '도로 간다' 등으로 쓰는데 이것은 처음으로 되돌아간다는 뜻이다. 신라시대 경흥이라는 왕사가 있었단다. 그는 어느 날 심하게 앓았는데 병명을 알 수가 없어 온갖 약을 써도 낫지가 않았다고 한다. 그러던 중 한 노파가 나타나서 그 병을 '도로병'이라고 했다. 그 노파는 왕사가 여러 가지 쓸데없는 곳에 신경을 써서 아픈 것이기 때문이라는 진단을 내렸다. 이 병이 나으려면 왕사가 되기 전의 처음 모습으로 돌아가 실컷 웃고 살면 된다고 했다. 그 후 왕사는 모든 골치 아픈 일들을 버리고 웃으며 살았더니 '도로병'이 나았다는 말씀을 하셨다.

수양만 하던 스님이 왕사라는 최고 자리에 오르며 리더로서 얼마나 많은 역할을 했겠는가? 그 속에는 좋은 일만 있지 않았음은 자명하다. 유혹과 아첨과 비난 등 세속의 모든 것들과 함께해야 했으니 참선만 해오던 스님으로서는 머리가 아플 수밖에 없었을 것이다. 그러나 그 현명한 스님은 아무나 할 수 없는 왕사라는 자리를 내려놓고 처음으로 돌아갔다. 그런 분이기에 그 자리까지 갔는지도 모르겠지만 말이다.

세속의 나는 마음을 다치고 끙끙 앓고 있으면서, 그 처방전을 알면서도 행하지 못하고 자꾸만 더 더 움켜쥐려고만 한다. 그러니 어제처럼 성찰의 시간이 길어질 수밖에 없다.

한때 내 좌우명이 뭐냐고 물으면 헤르만 헤세의『데미안』의 한 구절을 말하고는 했다. '새는 알에서 깨어난다. 그 알은 세계이다. 태어나고자 하는 자는 그 세계를 파괴하여야 한다'라는…. 내가 살아가는 세상에서 나만의 기준을 가지고 그 어떤 속박에도 벗어나 자유로운 사유를 하겠다는 것이었고, 언젠가는 알에서 깨어나 내 뜻을 펼치며 나답게 살고 싶다는 삶의 철학이었다. 오늘 생각하니 이런 내 삶의 방향을 언제 되뇌어보았는지 까마득하다. 초심은 무언가에 덮여 씻어내지 않으면 안 될 상황이다.

독수리의 우화가 생각난다. 모든 독수리가 40년을 살다 죽을 때, 특별히 70년까지 살 수 있다는 방법을 안 독수리가 있었다. 어떤 독수리도 시도하지 않았지만 다시 태어나기 위해 산으로 올라갔다. 바위를 쪼아 부리가 깨지고 빠지게 만들고, 그 새로 돋은 부리로 발톱 하나하나를 뽑고, 새 발톱이 돋아나자 그 발톱으로 날개의 깃털을 하나하나 뽑아 새 깃털이 돋아나게 했다. 길고 긴 시간 고통스러운 과정을 통과한 독수리는 새로운 모습으로 변신하여 크고 아름다운 날개를 펴고 마을로 돌아왔다는 우화, 그 이야기가 지금 나에게 교훈이 된다.

내 자신 '도로병'의 치료법은 이미 알고 있다. 경훙 왕사 스님처럼 모든 것은 내려놓을 수가 없다면 아무리 고통스러워도 독수리처럼 새로운 방법을 시도해봐야 한다는 답을 말이다.

오늘도 특별한 하루

이른 아침 황당하게도 카카오톡으로 3단 근조를 받았다. 선명하게 '고인의 명복을 빕니다'라는 문구로 전달된 화환을 받고 보니 아연한 기분이었다. 상대방은 전화를 해서 나와 같은 성씨를 가진 분한테 보내려던 것이 내 이름을 잘못 터치했다며 구구절절 해명을 했다.

우선 나도 실수를 할 수 있으니 기분을 돌리자는 생각이 들었다. 다음에는 오늘의 나는 죽고 내일부터는 새롭게 시작하라는 징조로 풀어보았다. 그리고 마지막 세 번째는 너무 현상에 기대서 해석하는 버릇을 좀 고쳐보자는 생각이 들었다.

이런저런 생각으로 마음을 달랬지만 너무 골똘했는지 오후가 되면서 머리가 욱신거리기 시작했다. 나쁜 일이 생길 것 같은 마음에 불안하기도 했다. 별일 없이 하루가 지나갔다. 우리 할머니는, 상여를 보면 좋은 일이 생긴다는 말씀을 하셨다. 이유는 무엇인지 듣지 못해서 혼자 생각해보니 상여를 보면 나쁜 액은 망자가 다 거두어

간다고 최면을 거는 지혜에서 나오지 않았을까 싶다. 그래서 운전을 하고 지나가다가 운구차를 보면 할머니 말씀이 떠올라 기분 나쁘거나 무섭지 않았고 누군지 모르지만 명복을 빌어주었다.

어릴 적 내가 살던 마을에 장례식이 있는 날에는 마을 사람 모두가 모였다. 지금처럼 교통사고나 암 이런 일들로 요절하는 일이 별로 없었고 연로한 어르신들의 죽음이 많았다.

장례식 전 날 가짜 상여가 망자의 집을 나갔다. 그러면서 그날 밤 상주는 닭죽을 끓여 대접했다. 아마도 그것은 망자에게 이제 내일이면 정든 집을 떠난다는 알림이었고 상주들에게는 내일이면 이별을 하니 미리 준비하라는 신호였을 거라 생각한다. 가난했던 시절이라 집에서 키우던 닭을 잡아 대접했을 것이고 고기의 양과 쌀이 많지 않으니 죽을 끓이지 않았을까 추측해본다.

함께 지냈던 누군가 세상을 떠난 경황 중에 무에 맛이 있으랴만 함께 챙겨 먹으면서 정작 내일이면 영원히 헤어지게 될 슬픔을 잊었을 것이다. 게다가 앞으로 살면서 계속 누군가의 죽음을 지켜볼 테고, 자기도 언젠가는 죽어야 되는 절박한 상황을 잊기 위해서라도 상여와 재수 운운하면서 함께 슬픔과 죽음에 대한 두려움을 이기지 않았을까 싶다.

아프리카 가나에서는 장례식에 음악에 맞춰 춤을 추는 남다른 문화가 발달했다. 망자와 인사를 시키기도 하고, 죽음을 부정적으로 생각하지 않는 것처럼 다양한 모양의 화려한 관을 사용하기도 한다. 망자가 더 좋은 곳으로 가는 거라고 생각하기 때문에 나온 특별

관습으로 보인다. 그에 비해 우리나라 장례식은 엄숙하면서도 죽음과 재수를 곁들여서 해석한다. 어딘가 동떨어진 것 같지만 장례식의 우울한 분위기를 바꿔 보려는 의도였을 것 같다.

문화의 차이가 있을 뿐 동서양 모두 죽은 자에 대한 슬픔을 승화시키려는 의도였을 것이다. 오늘 아침 꽃, 그 중에 조화라 이름 지어진 화환 하나가 참 많은 생각을 하게 하는 하루였다. 나에게 조화를 보낸 그 친구도 아마 생각이 많았을 거다. 우리에게 죽음이라는 단어는 익숙하면서도 두려운 단어이기에 나와 그 친구 모두에게 특별한 하루가 되었을 것 같다.

팔찌

몇 년 전 천연 원석의 호박 팔찌를 선물받았다. 그 즈음 나는 병원에 입원해 있었다. 문병을 온 한 지인이 본인이 차고 있던 것을 직접 끌러서 주고 가셨다. 팔찌를 끼워주면서 했던 이야기가 아직도 기억이 난다. 호박의 원산지는 발트해 연안으로 예전에는 보석 호박을 부적으로 썼다고 하셨다. 또 치료 효과가 있어 아플 때 지니고 있으면 좋다고 빨리 완쾌하라는 말씀과 함께 주셨다.

병원에 입원한 것은 원인도 알 수 없는 혈압 때문이었다. 아무리 치료를 해도 정상으로 돌아오지 않던 혈압이 팔찌 효과를 믿었던 때문인지 이틀 뒤 퇴원을 했다. 그리고 이후 매우 아끼는 물건이 되었다. 빛이 고운 노란 호박 보석 사이에 포대화상布袋和尙 메달이 달려 있는 팔찌는 보는 사람들마다 탐을 냈다. 그때부터 중대한 결정을 하거나 낯선 곳에 방문할 때는 부적처럼 끼고 다니면서 힘을 받았다.

아이들은 젖니가 나올 때 열이 나고 힘들어 한다. 그 예방책으로 유럽에서는 아이들의 아픔을 덜어주기 위해 엄마들이 목에 호박 목걸이를 걸어주는 풍습이 있다고 한다. 그런다고 실제 낫는 것은 아니지만 그렇게 하면서 심리적으로 위안을 받을 것이다. 부적과 치료 효과도 있었다는 내력은 거짓만은 아닌 듯싶다.

팔찌는 큰 구슬과 작은 구슬이 꿰어져 있었다. 자주 끼고 다녔더니 언제부턴가 실이 느슨해졌다. 비즈 공예 하는 친구에게 부탁해서 실을 교체하리라 마음을 먹고 있었다. 그런데 미루고 있던 차에 외출해서 돌아와 옷을 갈아입는데 실이 끊어지면서 쏟아져 내렸다. 다행히 안방이어서 주워 모아 봉투에 담을 수가 있었다. 그리고 오늘 아침 다시 실에 꿰었다. 큰 구슬과 작은 구슬을 교체로 끼우는데 작은 구슬 두 개가 부족하였다. 그러면서 생각이 많아졌다.

아마 팔찌의 실이 팽팽했더라면 손목에 끼우기 힘들었을 것이고 그럼 바로 조치를 취했을 것이다. 그런데 실이 느슨해졌기 때문에 손목에 쉽게 들어가고 큰 불편이 없어 그대로 방치하다가 삭는 바람에 끊어졌을 거라고 본다. 구슬 2개를 결국 잃어버려 원래 모양으로는 돌아가지 못한 팔찌가 되었다.

인간관계도 이와 같다는 생각을 했다. 불편하거나 긴장하는 사이는 늘 조심하면서 마음을 얻으려고 한다. 그러다보면 편해지고 그 관계를 지속하려고 노력한다. 그런데 친한 사이는 느슨해서 내 마음을 다 알고 있으리라 생각하며 투정부리고 감정을 쏟아낸다. 그러니 서로 상처를 주고받고 상대방이 돌아서면 관계를 복구하기가 쉽지 않아 친한 사이일수록 관계가 단절되어버린다.

작은 구슬 두 개가 없어졌다고 팔찌를 꿰지 않았다면 나머지 구슬은 쓸모가 없어졌을 것이다. 작은 구슬 두 개를 잃어버린 탓에 예전만은 못해도 여전히 치유 효력을 믿으며 끼고 다닌다. 그러면서도 실을 미리 바꾸어서 새로 꿰었다면 구슬이 쏟아지지 않았을 것이라며 팔찌를 들여다볼 때마다 후회하고는 한다.

인간관계에 있어서도 사랑과 신뢰, 믿음 중에 하나를 잃어버리면 다시 회복하는 데에 많은 시간이 필요하다. 주변에서도 그런 일이 있었다. 평소 형제처럼 지냈던 분들이 틀어져서 경찰 조사를 받는 일이 있었다. 모두들 놀라워했는데 친하게 지냈을 때 했던 말이 화근이 되었다고 한다. 또 한 집은 사이좋게 지내다가 더 가까이 지내려고 옆집으로 이사를 갔다가 사이가 틀어져 집을 팔고 이사를 가는 일도 보았다. 두 집 다 이유를 알고 보니 너무나 사소한 일이었다. 팔찌를 꿰고 있는 실만 튼튼했더라면 구슬은 쏟아지지 않았을 것이다. 사람 사이에도 두터운 신뢰가 있다면 쉬 무너지지 않을 것이다.

코로나로 인해 가까운 사람과의 신뢰가 더욱 중요한 시대가 되었다. 청정지역이라고 생각했던 우리 동네도 긴장하게 하는 안전 안내 문자가 하루에도 몇 번씩 들어온다. 뉴스도 코로나로 인해 얼마나 살기가 힘들어졌는지를 전하는 내용이 많다. 이럴 때일수록 사람과의 신뢰를 잊지 않고 살아갔으면 하는 마음이다.

화양연화 花樣年華

오래 전에 문자 하나를 받았다. 발신자가 킹콩(비디오, 만화 대여점)이었다. 평소 같으면 반납일이 지났을 때나 받아봤을 것이다. 거래를 하지 않는 요즈음 의아한 마음으로 읽어보니 곧 문을 닫는다며 CD 등을 싸게 판다는 내용이었다.

갑자기 한쪽 가슴에 찬바람이 들이치는 느낌을 받았다. 킹콩에 갔다온 것이 거의 1년이 된 듯하다. 서울에서 내려온 아이가 킹콩 앞을 지나다 옛날 생각이 난다며 만화책을 빌려 읽자고 해서 잠깐 들어갔었다. 예전에 느꼈던 활기찬 느낌은 아니었지만 그래도 문을 닫기까지 할 줄은 몰랐다.

하기야 핸드폰 하나면 모든 게 해결되는 요즈음 누가 만화책과 비디오를, 그리고 무협지를 빌려 읽겠는가? 가게까지 가지 않아도 되고 퀴퀴하게 냄새 나는 책장을 뒤적이지 않아도 얼마든지 볼 수 있는데 구태여 번거로울 일을 만들 필요가 없는 것은 당연한지도 모르겠다.

나 또한 발길을 끊은 지가 오래 됐으면서 문을 닫는다는 말에 소중한 것을 잃어버린 듯하다. 오늘처럼 하늘이 맑고 그래서 이유 없는 고독을 느낄 때면 킹콩으로 달려가 비디오를 빌려 보면서 마음을 달랬다. 가끔 인기 있는 비디오는 예약을 해두고 기다리며 설레기도 했던 시간들이었다. 영화를 볼 수 있는 극장이 멀지 않는 곳에 있었지만 극장에서 보는 영화보다 집에서 혼자 보는 것이 좋았다. 다시 보고 싶은 장면은 테이프를 돌려 몇 번이고 볼 수 있는 매력도 있었다.

데비무어의 〈사랑과 영혼〉, 〈가위손〉, 〈귀여운 여인〉, 유덕화의 〈천장지구〉 등 아이들을 키우느라 보지 못했던 영화들을 뒤늦게 보면서 얼마나 행복해했던가? 보고 싶었던 영화는 거의 다 킹콩을 통해 봤으니 내 문화생활의 요람이라고 해도 과언은 아닐 것이다. 두 딸들과의 추억도 많았다. 아이들 초등학생 때부터 시험이 끝나면 킹콩으로 달려가 만화책을 잔뜩 빌려와서는 나란히 엎드려 신나게 읽었다. 아이들이 좋아하던 만화 비디오는 물론이고 학습 비디오까지 함께 보았다.

큰애는 유난히 만화를 좋아했다. 가끔 몰래 보다가 내게 들키기도 했지만 모른 척 넘어가주기도 했다. 비디오를 좋아했던 작은아이는 착한 일을 하면 상으로 마음대로 비디오를 빌려보게도 했다. 그러다가 핸드폰이 대중화되고 아이들이 대처로 나가면서 뜸했었다. 그래도 그 집 앞을 지날 때마다 뭔가 재미있는 것을 숨겨놓은 듯 설렘을 느끼고는 했었는데 앞으로는 참 허전할 것 같다.

하지만 이미 지나가버린 것이다. 시간 가는 줄도 모르고 빠져들던 만화와 비디오를 빌려보기 위해 드나들던 가게는 이미 과거 풍속도로 밀려나버렸다. 세상에 영원한 것은 없고 물질문명은 더구나 우리의 아날로그 감성이 따라잡지도 못하게 앞서가고 있다. 내 방식을 고집할 수도 없고 흐름을 따라가는 것은 당연한데 뭔가를 놓쳐버린 듯 아쉽고 현기증나는 문명 속에서 과부하가 걸린다.

그래도 기억의 한 모퉁이를 차지하고 있는 것들이 있어 소중하다. 지금껏 아쉬움 속에 놓쳐버린 일은 많았으나 오늘처럼 사라지게 될 킹콩을 보고 그 옛날의 애틋한 기억을 떠올릴 수 있는 게 그나마 다행이다. 지금 이 순간도 언젠가는 역사 속에 묻힌다. 앞으로는 가끔 큰 사건들을 이야기할 때 지금 이 시간을 들먹거릴 것이다. 그러면 나도 그땐 그랬었지 하고 회상을 하며 추억 속으로 빠져들지 않을까 싶다.

추억이라는 이름으로 우리는 떠나간 사람을 아쉬워하고 오래 전에 갔다온 장소를 그리워한다. 지나간 날은 결국 흘러가버린 지금 이 시간이라고 할 때 역설적으로 지금 이 시간이 최선이라는 의미다. 인생의 가장 아름답고 행복한 순간을 '화양연화'라고 한다. 과거가 아름다웠다면 오늘도 과거가 되는데 그럼 매 순간이 화양연화이지 않은가. 그러니 바로 오늘이다. 하늘도 푸르고 볕도 따뜻한 선물 같은 이 순간을 보듬어 안는다.

제5장

달콤한 일상

코로나19로 인해 개강이 미뤄지고 있다. 강의 내용을 학교 홈페이지에 동영상으로 올리면서 관계에 대한 생각을 하게 되었다. 평소 강의를 할 때는 학생들과 피드백을 하면서 내 딴에는 활력이 넘치는 강의를 한다. 그런데 노트북 앞에 앉아 강의를 녹음하려고 보니 재미도 없고 목소리는 꼬이고 혹시나 말을 잘못했다가 녹음이 되면 오랫동안 남을 거라는 생각에 더 조심하게 되었다. 그러니 말은 무미건조해지고 이 강의를 듣는 학생들 또한 얼마나 재미없을까 싶어 걱정이 되었다. 아니나 다를까 학생이 전화를 했다.

목소리에 힘이 없고 힘들어 보인다며 빨리 활기찬 교수님의 목소리를 듣고 싶다고 했다. 서로의 눈을 바라보고 앞사람의 얼굴 표정을 읽으며 함께하고 있다는, 그래서 통한다는 그 느낌이 우리에게 얼마나 소중하고 좋았는지를 새삼 느끼게 된다. 그래서 의사소통은 목소리 전달은 30%밖에 되지 않고 나머지는 비언어적인 표현 즉 눈 마주침, 자세, 표정 등이 70%를 차지한다는 말을 실감했다.

지금 코로나사태를 보니 앞으로 2주 동안 녹음 강의를 해야 할 것 같아 걱정이다. 녹음한 내용을 들어보니 말을 시작할 때 '그'라는 말을 붙이고 하지 않아도 되는 접속사는 왜 그리 많이 사용하고 있는지 놀라웠다. 하루 동안 내가 하는 말을 녹음해보면 그 중에 몇 퍼센트가 필요한 말일까? 하는 물음을 나에게 던진다. 불필요한 말을 하는 경우가 부지기수일 것이며, 생각 없이 하는 말은 또 얼마나 많을 것인가? 또 한번 말의 품격에 대해서 생각하게 한다.

재봉틀 돌리는 소리가 규칙적으로 들린다. 드르륵 소리가 시끄럽기는커녕 정겹다. 자원봉사센터에서 면 마스크 만들기 봉사를 여성회관 3층에서 2주째 하고 있다. 하루에 한번 인사를 하러 올라가 봉사자들과 만났다. 그 동안 재봉틀에 앉아 있는 사람은 바뀌지 않았다. 요즈음 사람 모이는 곳을 꺼려하는 시국에 그분들은 오전 10시부터 오후 5시까지 변함없이 그 자리를 지키고 있었던 것이다. 평소 자원봉사 활동을 대단하게 여기지 않은 것은 아니었지만 마스크 만드는 것을 지켜보면서 정말 저런 모습이 자원봉사구나 하는 생각을 했다.

남편이 어제 마스크를 사기 위해 동네 슈퍼를 돌아다녔다고 한다. 시중보다 2배나 비싼 가격인데 그나마도 살 수 있어서 다행이라 했다. 지금까지 살면서 마스크를 사려고 줄을 서게 될지 누가 알았겠는가? 마스크를 쉽게 살 수 없는 지역주민들을 위해 2주 동안 면 마스크를 만들어 배포한 자원봉사자의 노고에 다시 감사를 전한다.

내 주위의 많은 사람들은 코로나19의 감염이 두려운 이유는 건강보다도 다른 이유가 더 크다는 말을 했다. 혹여 자신들이 확진자가 된다면 접촉한 사람들이 2주 동안 자가격리를 해야 하고 자신들이 갔던 장소가 문을 닫아야 하니 그 피해를 주기 싫다는 것이다. 서로에게 배려하는 마음이 이렇게 커서 그나마 우리나라의 상황은 외국에 비해 나은 것인지 모르겠다.

코로나19로 인해 일상이 달라졌다. 이제 톡으로 안부를 묻고 인터넷으로 장을 보고 사회적 거리두기 운동으로 모임도 회의도 다 취소되었다. 음식은 배달이 많아지고 여행도 금지되었다. 그러면서 경제침체가 길어질 거라는 것을 피부로 느끼고 있다. WTO가 세계적 대유행 펜더믹을 선언했고 얼마 되지 않아 전 세계가 코로나19에 정복당한 우울한 소식만이 전해지고 있다.

예측할 수 없는 이 일상에 서서히 지쳐만 간다. 하지만 코로나19 예방을 애쓰는 사람들을 위해 호텔을 내어주고, 간식을 전달하고 격려의 편지를 남기고 몇 장 안 된 마스크를 모았다가 전달하는 사람들을 볼 때면 아직은 살 만한 나라라는 생각과 곧 코로나도 정복할 것이라는 희망이 느껴진다. 남쪽에서는 봄꽃 소식이 전해지고 있다. 꽃처럼 화사한 소식은 우리에게 언제 전해질 수 있을까.

불청객

최근 TV에서 방영해 시청률이 높았던 〈사랑의 불시착〉은 내가 재미있게 본 주말 드라마이다. 더구나 몇 장면은 음성에 와서 촬영을 했다. 그러니 그 장면이 나올 때면 내가 아는 장소가 '저렇게도 변하는구나, 저렇게 로맨틱한 장면으로도 표현이 되는구나' 하면서 보는 재미도 있었다.

오늘도 같이 점심을 먹었던 지인이 눈 속을 걷고 있는 배우 현빈의 사진을 직접 찍었다고 보여줬다. 그 드라마 〈사랑의 불시착〉의 여자 주인공인 손예진의 대사 중에 이런 내용이 있었다. 사람이 죽으면 짧은 순간 가장 행복했던 순간이 주마등처럼 펼쳐진다고 하면서 남자 주인공과 함께한 순간순간이 떠오를 거라며 행복한 표정을 지었다. 몰두해서 보다가 얼마 전 겪었던 일이 떠올라 나도 모르게 고개를 끄덕였다.

지난 1월 설에 군산 언니집을 다녀왔다. 그리고 1주일 후 코로나19의 8번째 환자가 군산에서 발병했다는 말을 들었지만 내가 사는 금왕읍과 멀리 떨어져 있어 언니에게 조심하라는 안부전화만 했다. 그랬는데 다음날 다급하게 언니한테서 전화가 왔다. 설에 내려왔을 때 목욕탕을 우리가 몇 시에 갔느냐고 물었다. 왜 그러느냐고 했더니 우리가 목욕탕에 갔던 날 8번째 확진자가 목욕탕을 다녀갔다는 것이다. 그래서 오전 12시부터 오후 5시까지 목욕탕에 있었던 사람들은 신고를 해야 한다고 했다. 그러면서 자세히 알아보겠다며 일단 집에 있으라고 하면서 전화를 끊었다.

언니가 다시 전화 오기까지 5분여의 시간 동안 지난 일주일이 파노라마처럼 펼쳐졌다. 내가 어디를 방문했는지 일주일 동안의 여정이 휙 휙 빠르게 지나갔다. 여성회관에서 200여 분의 어르신들 경노식당을 운영했고, 회의를 2번 다녀왔고 저녁 모임이 있었다. 또 체험촌을 내려가서 직원들과 입주작가들을 만난 일들이 선명히 어제 일처럼 그려졌다. 평소 같으면 어제 무슨 일이 있었는지 곰곰이 생각해야 했는데 그 짧은 순간 일주일이 다 펼쳐졌다. 당황해하고 있는데 언니한테서 다시 전화가 왔다.

"아야, 목욕탕 이름이 같아서 깜짝 놀랐다. 우리가 간 목욕탕이 아니라 다른 지점이란다" 했다. 이름이 같은 목욕탕이 군산시 00동과 00동에 있었는데 우리가 간 곳이 아니었던 것이다. 전화를 끊고 생각하니 그 목욕탕이었으면 어쩔 뻔했나 하는 생각에 아찔했다. 그랬다면 의도치 않게 내가 살고 있는 곳에 코로나바이러스를 퍼뜨린 사람이 될 수도 있었다는 생각, 나와 접촉한 그 많은 사람들이 2주간의 격리될 수도 있었다는 생각에 가슴을 쓸어내렸다. 나 또한 중국 우한 교민들의 격리시설이 충북혁신도시로 결정났을 때 처음에는 많은 우려를 했었으니 생각하면 부끄럽기도 하다.

겨울답지 않게 연일 포근한 날씨가 계속되고 있다. 하지만 포근함을 느낄 수 없이 코로나19로 모든 일상생활이 마비되어버렸다. 한동안 잠잠해져서 이제 정상적인 생활로 돌아갈 수 있다는 생각을 조심스럽게 하고 있었다. 그런데 요 며칠 대구 지역부터 시작해 전국에서 많은 확진자가 발생함에 따라 다시 지역사회가 긴장하고 있다. 꾸준히 해오던 경노식당도 당분간 중단을 결정했고, 사람이 모이는 시설은 휴관이 결정됐다. 작은 모임들도 줄줄이 취소되고 있다. 그러니 더 뒤숭숭하다. 거기다 오늘 승무원인 큰아이가 2달간 무급휴가를 신청해야 한다는 말을 듣고 경제적 여파까지 피부에 와 닿는다.

불청객이 빨리 떠났으면 하고 간절히 바란다. 이럴 때일수록 서로를 배려하고 염려하는 성숙한 국민의식이 무엇보다 필요할 때라고 본다. 나 또한 코로나바이러스에 대해 정확히 알고 예방 수칙을 준수하여 더 이상의 확산을 막는 데도 동참해야겠다. 불청객 코로나바이러스 감염증 공포에서 빨리 벗어나기를 간절히 바란다.

작은 결혼식

오늘도 코로나환자가 900명대를 넘어섰다. 내가 살고 있는 곳에서도 확진자가 생겼다는 문자를 받으니 정말 걱정스럽다. 이런 어지러운 때 친하게 지내는 언니 딸 결혼식이 내일이어서 가야 되는 것인지 말아야 되는 것인지 감이 잡히지 않았다. 매스컴에서는 식장 안에는 50명 미만이 들어가야 한다고 하고 식당도 100명만 들어갈 수 있다고 하니 여러 가지로 걱정이겠다 싶어 통화를 했다. 늘어나는 코로나환자 수만큼 근심도 같이 늘어난다고 했다. 그 말이 정말 피부에 와 닿았다. 예비 신랑신부는 직장에 피해를 줄까봐 동료들도 참석하지 못하게 했다고 한다. 피로연 식당은 100명 미만은 예약이 되지 않아 100명으로 맞췄다며 와줬으면 좋겠다는 말에 참석을 했다.

발열 체크부터 방역은 철저했고 마스크를 쓰지 않는 사람도 발견할 수 없었다. 혹시나 코로나 상황이 좋아질까 미뤘던 신랑신부들이 12월을 넘기지 않으려고 했는지 예식장에는 5건의 예식이 안내

되어 있었다. 그런데도 예식장 안은 한가했다. 접수를 받는 사람도 식사를 할 것인지 묻고 식사하지 않는다고 하면 답례품을 전달하는 과정이 코로나 이후 달라진 광경이다. 식당에 내려갔더니 일회용 비닐장갑과 띄어앉기 좌석으로 방역을 철저히 하고 있었다. 하지만 식당 안에는 20여 명만이 앉아 있었고 예전에 비해 말을 많이 하지 않아 조용한 분위기였다. 나 또한 밥만 간단히 먹고 얼른 일어서 나왔다.

돌아오는 차 안에서 함께 갔던 지인들이 코로나로 인해 달라진 결혼식 풍경을 이야기했고, 신혼여행도 뒤로 미루거나 제주도로 가는 커플이 많다는 말을 주고받았다, 신혼여행 이야기가 나오자 해외여행 이야기로 이어지면서 모두 일상의 그리움을 토로했다.

달라진 결혼식 풍경에 언니들 결혼식이 생각났다. 큰언니는 내가 아주 어릴 때 결혼식을 했는데 선명하게 기억에 남는다. 1970년대로 기억하는데 시골이어서 신식 결혼식 문화가 늦었던 것인지 아니면 신구 결혼문화가 교차했던 때였는지는 잘 모르겠다. 언니는 한복을 입고 머리에 면사포를 썼고 형부는 양복에 두루마기를 걸쳤다. 그리고 우리 집 마당에서 결혼식을 올렸고 사진사를 불러 결혼식 전 과정을 촬영했다. 넷째언니가 송사를 했고 형부 사촌동생이 답사를 했다. 송사는 큰언니가 우리 집에서 얼마나 사랑스러운 딸이었는지를 구슬프게 읽어 내려가 모두들 눈물을 찍게 만들었다. 답사는 주로 가벼운 내용으로 형부가 늦잠을 자면 놀부 마누라처럼 주걱으로 잠을 깨우라는 둥 유머러스한 내용이었다. 송사와 답사

내용만 봐도 보내는 쪽의 아쉬움과 받아들이는 쪽의 여유로움이 묻어난다. 언니는 결혼식이 끝나고 그 다음날 가마를 타고 신행을 갔다. 둘째언니도 우리 집 마당에서, 셋째언니부터는 예식장에서 결혼식을 올렸다.

큰아이는 결혼식에 대한 로망이 작은 결혼식으로 야외에서 올리는 것이라 한다. 가까운 사람들만 모아놓고 여유 있게 토크 형식 결혼식을 하고 싶다고 하는데 어쩌면 코로나 이후의 결혼식은 그리 되지 않을까 싶다. 그 동안의 결혼식은 토요일 일요일이 주를 이루었는데 지금은 요일도 상관하지 않게 되었고 시간 또한 저녁을 먹으면서 하는 결혼식도 많아졌다. 그러니 앞으로는 자신들이 원하는 방식으로 하지 않을까 싶다. 특히 코로나 상황이 소수의 친척만을 모시고 하는 결혼식 양상을 보이면서 청첩장에 계좌번호를 적는 것도 이제는 익숙해져 간다.

허례와 보여주기 식의 결혼식이 아닌 앞으로는 꼭 함께해야 할 사람들만 모시고 축복 속에 결혼식을 올리는 사람들이 많아질 것이다. 코로나로 인해 바뀌는 것 중 그래도 긍정의 점수를 주고 싶은 것 중 하나이다.

목격자

천만 관객을 동원한 영화 〈7번 방의 선물〉은 6살 지능의 아빠와 그의 딸 이야기이다. 딸의 세일러문 가방을 사러갔다가 쓰러진 사람을 보고 심폐소생술을 한다. 그런데 목격자가 성추행했다고 증언을 해서 감옥에 가게 된 소재의 영화다. 실제로 춘천의 정원섭사건이 모티브가 되었다고 하니 목격자의 잘못된 증언으로 억울한 사람이 옥살이한 것이다. 또 최근에 개봉한 〈돌멩이〉도 이와 비슷한 내용이다. 8살 지능을 가진 남자 주인공 석구와 가출소녀 은지는 좋은 친구로 지낸다. 비바람치는 어느 날 은지가 감전사고를 당한다. 소녀를 구하려고 방으로 데려와 옷을 벗겼는데 그 순간 청소년쉼터 소장이 그 광경을 보고 성폭행범으로 고발한다. 그 동안 잘 지냈던 동네 주민들도 석구를 믿지 못하고 석구의 동네 친구들도 비난하고 폭행까지 한다. 심지어 신부님도 석구를 믿지 못하고 성폭행을 한 것은 사실이지만 가여워서 도와주려 한다.

영화를 보면서 쉼터 소장의 소신에는 박수를 보냈다. 만약 성폭행

사건이 일어났다면 그 어떤 유혹이나 동정에 흔들리지 않고 성폭행범은 벌을 받아야 한다는 믿음을 보여주었다. 직업 특성상 의심하는 시선으로 보고 은지를 보호하면서 고발하게 되지만 주인공의 인생은 나락으로 떨어진다. 보는 것만 믿었던 센터의 소장을 통해 우리가 사물을 보는 시선이 얼마나 중요한지 또 한번 생각하게 했다.

위의 두 영화의 내용처럼 주인공이 억울한 일을 당하기도 하지만 어떤 사건에서는 누군가의 목격을 간절히 기다리기도 한다. 또 한 사람의 증언으로 풀리지 않는 사건이 해결되기도 하는 것을 우리는 많이 접했다. 그러니 누군가의 정확한 눈이 정말 중요하다. 보는 것으로 그치지 않고 행동한다는 것은 더 큰 용기가 필요할 것이다.

그런데 영화 같은 주인공이 누구나 될 수 있겠구나 하는 생각을 지난 주에 하게 되었다. 지인을 만나 저녁을 먹고 집으로 돌아오는 길이었다. 일요일 저녁이었고 코로나19로 인해 통행량이 현저히 줄어들어 도로는 한적했다. 그런데 봉고차 한 대가 계속 따라왔다. 안전거리를 지키지 않고 따라오니 불편한 마음에 반대편 차선에서 차가 오지 않아 먼저 가라는 의미로 속도를 줄였다. 그런데 추월하지 않고 따라오기만 했다. 또 한번 반대편 차선에서 차가 오지 않아 속도를 줄였는데 두 번째도 추월하지 않았다. 안 되겠다 싶어 속도를 내니 뒤차도 또다시 따라붙었다. 먼저 보내는 것을 포기하고 천천히 운전하고 왔는데 룸미러로 보니 우리 집 근처 아파트로 들어갔다.

집에 와서도 위협적인 운전자 생각에 마음이 진정되지 않았다. 물 한 잔을 마시고 있는데 저장되지 않는 낯선 번호로 전화가 왔다.

받았더니 경찰이라고 했다. 내 차량번호를 묻고, 소유자냐고 물었고, 직접 운전을 했는지 물었다. 그렇다 했더니 내 차가 많이 흔들려서 음주운전 의심 신고가 들어왔다는 것이다. 나도 모르게 흥분하며 좀 전에 있었던 상황을 이야기했다. 번호판이 보였으면 내가 고발하고 싶었다며 안전거리를 지키지 않아서 위협을 느낀 사람은 나였다고 했더니 알았다고 말하며 끊었다.

뒤에서 어떤 시선으로 나를 보았으면 음주운전자로 착각했을까? 아마 내가 먼저 가라고 브레이크를 잡고 천천히 간 순간부터 의심했나? 내 운전습관 중 하나가 중앙선 쪽으로 치우치는 편인데 그것도 이상하게 보였을 것이다. 또한 저수지를 돌아오는 굽은 길에서는 자주 브레이크를 밟았으니 내가 음주운전이라고 믿었던 뒤차 운전자 보기에는 차가 출렁이는 것으로 보였을 수 있겠다 싶다.

졸음운전자를 보면 정적을 울려 깨워주고 음주운전자는 당연히 신고해야 하는 것이 우리들의 의무이다. 꼭 이것뿐이겠는가? 아동폭력, 노인폭력, 성폭력 등 사회적 약자에게 행해지는 모든 일을 우리는 간과하지 말아야 한다. 음주운전자로 몰리는 것은 속상했지만 우리 동네에 용기 있는 사람이 산다는 것으로 기억하려고 한다.

다짐

새해가 밝은 지 한 달이 다 되어간다. 늘 그렇지만 새해가 되면 새로운 다짐들을 한다. 올해는 여유를 가지고 한 걸음씩 늦게 가자고 다짐했는데 그 의미를 되새길 시간도 없이 쏜살같이 한 달이 지나가버렸다. 다음 주가 가족 모임이다. 언니가 전화를 해서 꼭 가보고 싶은 곳이 있다면서 반드시 와야 한다고 강조했다. 어딘지 물었더니 관상을 기가 막히게 보는 곳이 있다고 유혹했다. 평소 내가 사주를 보러가겠다고 하면 헛짓하고 다닌다면서 비웃었던 언니인지라 나도 솔깃해져서 관심을 보였다.

카카오톡을 확인하다가 사주를 보는 분의 전화번호가 눈에 들어왔다. 얼마 전, 아는 언니가 사주를 잘 보는 사람이라고 번호를 일러준 뒤 핸드폰에 저장해두었는데 '미래가 궁금하면 오라'는 상태메시지가 마음을 끌었다. 망설이다가 금요일 밤에 카톡을 보냈다. 혹시 토요일이나 일요일에 예약 가능한지를 문의했고 분명 읽은 흔적이 보이는데 아무런 답이 없다. 연초라 사람이 많나보다고 생각하면서, 괜한 짓을 했다는 생각에 마음이 복잡했다.

그러던 중 주간지에서 기획기사를 읽었다. 요즘 취업이 어려운 청년들이 많게는 한 달에 두세 번씩 찾아가는 곳이 사주카페라고 한다. 취업 문제로 답답한 마음을 조금이나 달래보고자 찾는 것이 아닌가 싶다. 특히 면접 전, 후에 많이 찾는다고 했다. 불안한 마음을 달래볼 요량이리라. 합격한다고 하면 희망을 품고 면접장으로 향했을 것이다. 불합격자는 아직 운이 아니니 조금 더 기다려야 한다는 점괘로 위로받고 싶어서는 아닐까.

사주카페에서는 젊은이들에게 어떻게 하면 면접을 잘 볼 수 있는지 상담도 해준단다. 면접 당일 운세가 상승되는 옷 색상도 알려주고, 얼굴에 따른 머리 모양도 조언해준다고 한다. 또한 자신의 사주에 맞는 직업도 조언한다니 미로처럼 끝을 알 수 없는 '취업'이라는 명제를 끌어안는 청년들의 상담소 역할을 톡톡히 하고 있는 듯하다. 자기의 미래를 누구와 고민할 수 있다는 것만으로 위로를 얻나보다. 출구가 보이지 않는 청년 실업자들이 안타깝기만 하다. 청년들의 불안을 치유할 수 있는 심리상담소나 치료센터가 있어야 하지 않을까? 일자리를 늘리는 것만큼 지금 아파하는 청년 실업자들 마음을 보듬을 수 있는 것에도 관심을 가져야 할 것이다.

작은아이에게 엄마 따라 사주 보러가자고 했더니 딸아이가 한마디 했다. "엄마 저도 친구들이랑 사주카페 많이 갔는데요. 점은 안 좋은 것은 맞고 좋다는 것은 안 맞는 것 같았어요. 그냥 열심히 살면서 내 스스로 미래를 개척하려니까. 엄마나 다녀오세요" 했다.

어린아이로만 보이던 딸아이의 말을 들으니 모처럼 기분이 상쾌한 게 깜깜한 터널에 갇혀 있다가 빛을 보는 느낌이다. 살아가면서 뜻대로 되지 않는 일도 당연히 여길 줄 알면 지혜로운 사람이다. 매사 잘 풀리다보면 유한의 존재임을 깨닫고 숙이는 마음이 깃들지 못한다. 잘 되면 좋지만 그렇지 않을 때도 좋은 결과로 가는 과정이라고 생각하는 삶은 아름답다. 점집을 찾아가고 사주를 보는 것으로 당장 위안을 삼기보다는 꿋꿋이 대처하는 게 중요하지 않을까. 면역력이 강하면 병이 침투하지 못하듯 강한 의지 앞에 시련 또한 문제될 수가 없을 테니까.

부처님 말씀이 생각난다. "나야말로 나의 주인인데 어떤 주인이 따로 있을까, 자신을 잘 다룰 때 세상에서 얻기 힘든 자기라는 주인을 얻게 된다"라고 하셨다. 내가 주인이 되는 올 한해 다 잘될 것이라는 체면을 걸어본다.

문을 열다

문은 어떤 공간으로 들어가기도 하고 나오기도 하는 통로이다. 문이 있다는 것은 어디인가로 통한다는 것이고 막힘이 없다는 것이다. 마음의 문, 세상의 문, 해탈의 문, 행복의 문 등의 표현으로 또 다른 세상으로 나아간다는 상징으로 쓰기도 한다.

다니는 회사의 사무실과 직원 휴게실이 붙어 있다. 하지만 들어가는 문은 각각이어서 냉장고가 있는 직원 휴게소를 들어가려면 사무실 문을 열고 나가서 옆의 휴게실 문을 열어야 한다. 여간 불편한 것이 아니라서 사무실 벽을 허물고 문을 하나 냈다. 단지 불편함 때문에 문을 냈는데 사무실에 앉아 있으면 옆방으로 바로갈 수 있다는 생각에 공간 확장이 어마어마하게 넓어진 느낌이다. 참 이상하다. 물리적으로 따지면 휴게실 공간 넓이 정도의 확장 느낌을 받아야 하는데 그보다 몇 십 배 넓어지고 막힘이 없고 마음의 여유까지 느껴짐을 경험했다. 문이 가져다주는 통通의 미학 때문이리라.

친정집은 대문이 없었다. 누구든 자연스럽게 드나들었고 아버지는 당신이 왔음을 기침으로 알리셨고 엄마는 들어서면서 마당에 있는 물건들을 들먹거리거나 검둥이 이름을 부르셨다. 우리 형제들은 자연스럽게 엄마!라고 부르며 집안으로 들어갔다. 그것이 대문이 없었던 집에서 안으로 들어온다는 신호였다. 우리 집뿐만 아니라 동네에 대문이 있는 집이 거의 없어서 자유롭게 드나들었고 들어가지 못한 집은 금줄이 쳐 있는 집뿐이었다. 그러니 내가 아는 문은 바람도 햇살도 옆집 강아지도 자유롭게 드나드는 그런 공간이었다.

결혼을 하고도 문단속을 하지 않는 버릇은 여전했다. 남편이 받아온 어음을 식탁 위에 올려놓고 문단속도 안 한 채 친정집에서 휴가를 즐기고 왔다가 남편에게 싫은소리를 듣기도 했다. 반복된 남편의 걱정에도 고치지 못했는데 고치게 되는 계기가 있었다. 자동차 문도 잠그는데 별로 신경을 쓰지 않았던 나는 어느 날 아침 자동차를 타려다 깜짝 놀랐다. 누가 그랬는지 모르지만 여자 속옷을 훔쳐다가 자동차 안에 넣어둔 것이다. 그 사건 이후로는 문에 대한 강박증이 생겼다. 아이들에게도 늘 말끝마다 문단속을 강조한다. 문은 그렇게 두 가지 상반된 기억으로 존재한다.

아직도 마니아를 형성하고 있는 〈도깨비〉라는 드라마에는 문을 열고 어디든 원하는 곳으로 갈 수 있는 장면이 여러 번 나왔다. 아이가 그것을 보면서 너무 부러워했다. 자기도 어디든 문만 열면 원하는 곳으로 갈 수 있었으면 좋겠다고 이야기했다. 그것은 그저 단순한 여행의 의미는 아니었으리라.

얼마 전 책 정리를 하다가 시사 주간지에서 「굶고 때우고 견디는 청년 '흙밥' 보고서」라는 글을 다시 보고 생각이 많아졌다. 젊은 대학생들과 취업을 위해 공부하는 사람들의 이야기를 특집으로 실었는데 그들 중 밥 한 끼를 걱정해야 하는 사람들이 많다는 이야기를 읽고 충격을 받았다. 우리의 미래인 청년들이 그렇게 힘겹게 살고 있구나 생각하니 남의 일 같지가 않았다.

그 중에서 특히 커피 이야기가 가장 가슴 아팠다. 빽다방에서 1,500~2,500원 하는 커피를 날마다 먹는다는 청년이 도서관에서 받는 포스트잇에는 "공시생인 것 같은데 매일 커피 사들고 오시는 건 사치 아닐까요? 같은 수험생끼리 박탈감이 느껴져서요. 자제 좀 부탁 드려요" 하고 써 있었다고 했다. 짧은 메시지가 많은 실업자, 그 중에서도 가난한 청년 실업자들의 현실을 대변하는 것 같았다. 그들이 동굴 같은 암흑을 탈출할 취업이라는 문을 열고 하루 빨리 밝은 세상으로 나아가는 것을 응원한다. 또한 그 문 앞에는 그들의 고통을 보상받을 수 있는 세상이 도래하기를 아울러 기대한다.

백색소음

요즘 어디 가서 비 오는 날이 좋다고 하면 뺨맞을 소리한다고 할 것이다. 그런데 비 오는 날이 아니면 편안하게 잠에서 깰 수가 없다. 지난 주 토요일은 지인 집으로 피신을 가기까지 했다. 그 이유인 즉 아파트 앞에서 하는 공사 포클레인 소리와 뒤쪽 원룸 현장에서 나는 작업 소음 때문이다.

아침 6시가 되면 어김없이 앞에서는 포클레인 소리, 뒤쪽에서는 철근 옮기는 소리, 못 박는 소리로 아침을 시작한다. 딸아이는 아침마다 부스스한 얼굴로 방을 나오면서 "엄마 우리 아파트 사람들은 마음이 참 좋은가봐. 아침부터 저렇게 시끄럽게 하는데 항의도 안 하나봐요?" 한다. 나도 그것이 참 아이러니하다. 간혹 층간소음 때문에 살인사건이나 고소사건 등을 매스컴을 통해 접하기도 해서 결코 사람들이 소음에 관대하지 않다는 것은 다 아는 일이다. 그런데 누구 하나 항의하는 사람 없이 견디고 있다는 게 참 신기하다.

엊그제 토요일에는 아파트 건너편에서 굴삭기로 시멘트 포장을 해체하는 작업을 하고 있었다. 이 더위에 창문을 꼭꼭 닫아도 텔레비전 소리가 들리지 않을 정도였다. 내려다보니 작업 분량이 하루는 족히 될 듯하여 참지 못하고 지인 집으로 피신을 갔다. 출발하기 전에 아파트 앞 미장원에 들렀다. 연세 드신 할머니 손님 두 분이 머리를 손질하고 있었다. 어디 가느냐고 묻는 원장에게 하소연했더니 손님 중 한 분이 내가 너무 예민하다는 듯 쳐다보더니 첫마디가 "그럼 저분들은 언제 공사를 해요?"였다. 그래서 공사를 하지 말라는 것은 아니다 토요일 일요일은 주 중보다 사람이 집에 많이 쉬고 있으니 좀 삼가면 좋지 않겠냐고 했다. 내 말 뒤 끝에 옆에서 듣고 있던 또 다른 손님이 비 오기 전에 공사를 하려고 하려는 것 아니냐고 했다.

우리 아파트에 살지 않는 분이다. 그러니 직접 소음을 듣지 못했으니 그러나 싶으면서도 야속한 마음이었다. 그 순간 얼마 전 친구와의 대화가 떠올랐다. 친구와 커피를 마시다가 층간소음으로 살인이 일어났다는 소식을 접했다. 그 화제로 대화를 나누다가 감정이 상했던 기억이 난다. 친구는 위층 소음으로 스트레스를 받고 있었다. 이사까지 고민하고 있었던 상황인데 내가 좀 참지 그러느냐 하면서 은연중에 친구가 너무 예민하게 반응한다는 뉘앙스로 말을 했나보다. 그 친구는 당해보지 않으면 말하지 말라고 큰소리를 냈다. 그 일로 한참을 서먹서먹하게 보냈고 지금도 원상복귀는 못한 관계인데 역지사지라 할까? 두 할머니들의 이야기를 들으면서 그 친구에게 미안해졌다.

공사가 좀 늦어지더라도 많은 사람들을 위해서 새벽부터 공사하는 것은 지양하고 주말 또한 쉬었다가 했으면 하는 생각이 간절하다. 이런 문화는 정녕 형성되기 어려운 것일까? 또한 아파트 어디에고 공사 중 소음으로 미안하다는 사과문 하나 붙어 있지 않다. 건설현장으로 쫓아가서 항의할 용기도 없으니 백색소음이라고 생각하고 참아야 하는 건지 이제 시작인 공사현장을 보면 한숨이 나온다.

가끔 잠이 오지 않는 날에는 핸드폰 유튜브에서 비 오는 소리나 시냇물 흐르는 소리를 틀어두고 잠을 청할 때가 있다. 소음이라 해도 오히려 마음을 편안하게 만들어준다. 이러한 소음을 백색소음white noise이라 한다는 것을 알았다. 그래서 마음이 편해졌나보다. 백색소음은 비교적 넓은 음폭으로, 우리 생활 주변에서 들리는 소리로 비 오는 소리, 폭포수 소리, 파도 치는 소리, 시냇물 소리, 나뭇가지가 바람에 스치는 소리 등이 있다고 한다.

요즘 카페에 가보면 젊은이들이 앉아 공부하는 것을 흔히 볼 수 있다. 백색소음은 집중도를 높여준다는 뉴스가 나온 후로 시끄러운 카페에서 공부가 되느냐는 말을 이제 하지 않는다. 시공자의 마음이 변하지 않으면 내가 변해야 할 것 같다. '공사가 끝날 때까지만 저 소리는 백색소음이다' 하고 주문을 걸어본다.

알아요, 하지만

한 닷새 동안 자꾸 우울하고 허무한 마음이 들었다. 옛날 일이 생각나기도 하고 문득문득 슬퍼지기도 한다. 종잡을 수 없는 감정이다. 그 위에 참지 못하고 불끈 화를 내기도 했다.

방학으로 내려와 있던 작은아이가 물끄러미 바라보고는 엄마도 병원에 가야 하는 것 아니냐고 한다. 어제 친구와 만나기로 약속했는데, 친구 엄마가 갱년기 증상으로 날마다 울어서 약속을 취소했다는 것이다. 엄마도 불쑥불쑥 화를 내는 걸 보니 뒤늦게 갱년기 증상이 아니냐며 제법 걱정스러운 말투다. 이어 잡지에서 보니 운동이 가장 좋다고 걷기운동을 하라며 등을 떼미는데 기실은 나로서도 관심을 가진 것이 걷기운동과 물 마시기이다. 운동은 말 그대로 숨쉬기운동밖에 하지 않았다. 혈압이 높은 탓인지 조금만 피곤하면 발바닥 감각이 없어지곤 하는데 최근에 그 증상이 다시 찾아와 병원에 갔더니 말초신경까지 혈액순환이 되지 않아 그렇다는 진단을 받았다.

의사는 하루 무조건 50분씩 걸으라고 했다. 일주일 동안 걷고 다시 오라는 특별한 처방을 받고 돌아왔다. 그리고는 매일 밤 지인들과 걷고 있다. 그렇게 며칠 나갔더니 땀 흘리고 난 다음의 개운한 맛을 알게 되었고 발바닥 감각도 다시 돌아왔다. 그 위에 수다를 떠는 것도 마음의 평온을 찾는 데 한몫해서 매일 저녁 읍사무소의 걷기운동을 기다린다. 우유를 마시는 사람보다 배달하는 사람이 더 건강하다는 것을 몸소 깨우친 셈이다.

어제는 '물'에 대한 강의를 들었다. 물이 건강에 좋다는 것은 모두 다 아는 사실이고 단지 실천이 어려울 뿐이다. 강사는 구구절절 물의 중요성을 강조했다. 그 중 기억에 남는 것이 어린아이 때 우리 몸의 수분 함량은 86%인데 노인의 수분 함량은 50%라고 한다.

노화는 곧 몸의 수분을 빼앗기는 것이라고 했다. 그분의 설명은 매일 하루 6~8잔의 물을 마시면 노화도 더디게 올 수 있다고 한다. 막 딴 싱싱한 과일도 바람이나 햇볕에 쏘일 경우 말라비틀어진 과일로 변하게 된다. 과일의 탈수든 인간의 탈수든 수분이 소실되면서 주름진 껍질 모양이 된다는 것이다. 인간의 세포는 무려 100조에 달하며 우리 몸도 탈수가 심한 곳부터 쭈그러져 끝내는 말린 과일처럼 주름이 잡힌다고 했다.

이 대목에서 돌연 잠이 확 달아나는 느낌이었다. 우리나라 국민의 80%가 만성탈수에 시달리고 있다고도 했다. 20년이 넘는 임상실험과 연구를 통해 인체 내 물의 중요성을 한마디로 언급한 벳맨겔리지 박사는 '아픈 것이 아니라 단지 물이 부족할 뿐이다'라고 하면서 치료의 핵심은 물이라고 강조했다.

더욱 중요한 것은 인체의 수많은 전조증상 가운데 탈수 증상은 쉽게 느끼지 못한다는 점이다. 우리 몸이 만성적인 탈수에 이르면 세포와 혈액 건강이 나빠져 이유 없는 짜증과 피로감에 우울증까지 오게 된다니 물을 싫어해온 내게는 심각한 문제일 수도 있겠다.

생각해보니 아침에 출근할 때 혈압약을 먹으면서 몇 모금의 물을 먹은 게 전부다. 일을 시작하기 전 습관처럼 거피 한 잔, 점심 먹고 또 커피 한 잔, 친구라도 만나면 또 녹차나 커피, 하루를 체크해보니 물은 많이 마셔야 2잔 정도에 지나지 않았다는 걸 알게 되었다.

음료수가 아닌 물로 여덟 잔을 마셔야 한다는데 턱없이 부족하다. 돌아와 작은아이에게 엄마는 갱년기가 아니라 물이 부족해 짜증이 났다고 말하면서 물 한 잔을 벌컥 벌컥 들이켰다. 당장 효과가 나타나는 건 아닐지언정 습관이 되다보면 더 이상 악화되지는 않을 것이다. 걷기운동과 물 마시는 일은 늘 등한시해왔으나 이제부터는 관심을 갖고 건강의 디딤돌로 삼아야겠다. 건강의 지름길은 건강할 때 건강을 지키는 일, 예방이라는 것을 돌아본 셈이다.

여측이심如廁二心

오늘 아침 시사 주간지에서 글쓰기가 붐을 이룬다는 글을 읽었다. 인터넷 서점 알라딘의 판매 분석에 따르면 '글쓰기'와 관련된 책이 무려 993종이나 된다는 내용을 읽고 놀라움을 금치 못했다. 대학에서도 글쓰기를 가르치고 있고 한 문화센터에서만 일 년에 20~30개의 글쓰기 강좌를 열고 '우리말 글쓰기 과정'에 1,100명, 작가양성과정에 900명이 수강을 신청했다는 기사를 읽었다. 한 문화센터에서 배출된 사람이 이 정도니 전국적으로는 얼마나 많겠는가?

글을 쓰는 입장에서 보면 반가운 일이지만 긴장을 주는 기사라서 좀 더 자세히 읽어보았다. 글을 쓰는 목적도 다양해서 SNS에서 더 섬세한 글쓰기를 하고 싶어서, 또 제안서나 회사 업무를 보기 위해서 또는 책을 출간하고 싶어서 등 여러 가지로 나타나고 있었는데 글을 잘 쓰려면 제대로 살아야 하고 제대로 살다보면 좋은 글이 나온다는 기자의 마지막 멘트가 인상적이었다.

그날 오후에 한 문우의 전화를 받았다. 가입해 있는 문학회에 회장 선거가 있었던가보다. 출마한 사람이 책을 보내주기도 하고 3번씩이나 전화를 하는 등 아주 친절하게 대했다고 한다. 그리고 얼마 후 신문을 보니 그분이 당선이 되어 기쁜 마음에 전화를 했는데 어째 목소리가 그 전과는 영 딴판이었더란다. 그래도 그럴 분이 아니라는 생각에 건의사항이 있다면서 그 동안 우리 문학회에서 이리이리 했는데 앞으로 회장님은 이렇게 했으면 좋겠다는 말을 했더니 거만한 목소리로 일언지하에 "우리 문학회는 그럴 리가 없습니다" 라며 전화를 끊더라는 것이다.

여측이심이다. 아무리 선거가 끝났기로 그렇게 달라질 수가 있느냐고 분개했다. 글을 쓰는 사람은 달라야 되지 않겠냐고 덧붙이면서 어찌 저런 사람을 지지했나 화가 나더라는 전화였다. 어느 단체서든 선거를 치를 때마다 되풀이되는 현상이다. 그간 크고 작은 모임에 적을 두면서 자주 보아온 일인데, 뒷간 갈 때 마음과 갔다오고 났을 때의 마음 다르더라는 말을 되풀이하며 그러려니 해왔는데 문우는 약간 고지식한 성격인지 곧이곧대로 믿었나보다. 하기야 탓할 수도 없는 게 원하는 대로 이루어지고 나면 마음이 달라지는 처세가 문제다.

나 또한 한 단체의 장長으로 책임을 맡고 있다가 얼마 전 임기를 마쳤다. 곁불도 쬐고 나면 서운하다는 게 실감이 갔다. 혹시 나도 임기 동안 여측지심의 마음은 아니었나 하는 생각이 들었다. 내 임기 동안 특히 서운한 마음을 느꼈을 것 같은 몇 사람에게 전화를 걸어 점심 약속을 잡고 함께 식사를 하면서 혹시 내가 임기 동안 서운하게 한 점이 있었다면 용서하라는 말을 전했다. 그럴 리가 있느냐고 웃었지만 설령 있었다 해도 경솔하게 드러낼 분이 아니라는 걸 생각하니 늘 한결 같은 마음을 갖는다는 것이 쉬운 듯하지만 어렵고 참으로 중요한 걸 알겠다.

제대로 살고자 하는 기준은 저마다 다를 테지만 적어도 상대방 입장에 설 줄 알고 변함없는 마음으로 산다면 제법 괜찮은 사람으로 평할 수 있지 않을까. 내 글 스승도 글을 쓰기 전에 먼저 사람이 되라고 하셨다. 그래야 좋은 글이 나온다고 강조했는데 20여 년이 훨씬 지났어도 아직 좋은 글을 쓰지 못하고 있다. 참되고 바르게 살지 못한 것 같아서 울적하다. 인간의 향기는 됨됨이에서 나온다는 것, 우리를 감동시키는 것은 학벌도 권력도 아니라는 걸 또 느끼는 하루다.

자아를 입다

의식주는 인간이 살아가는 데 필요한 기본 요소이다. 이 세 가지를 모두 해결해야 그 다음 단계의 욕구를 추구한다. 하지만 우리는 지금 기본적인 의식주를 해결하지 못해 고민하는 사람은 그리 많지 않다. 어떻게 하면 더 멋있고 안락한 집에서 살고, 무엇을 먹어야만 건강하게 살 것인가를 고민한다. 혹자는 자신이 사는 집에 유독 신경을 쓰는 사람이 있고, 누군가는 먹는 것에 돈을 아끼지 않는 사람도 있다. 거처도 먹는 것도 중요하지만 나처럼 입는 것에 비중을 두는 사람도 있다.

어릴 적 친정엄마 친구 분이 포목점을 했다. 엄마가 천을 끊어오면 언니들은 그 옷감을 가지고 양장점으로 가서 옷을 맞추어 입었다. 막내인 나는 언니들이 맞추고 남은 자투리천으로 치마며 블라우스를 덤으로 얻어 입었다. 엄마는 "입은 거지는 얻어먹어도 벗은 거지는 못 얻어먹는다" 하며 사람은 입성이 좋아야 한다고 늘 말씀하시고는 했다. 그런 분위기에 자라서인지 옷에 관심이 많다. 지금도 딸아이들보다 쇼핑을 좋아해서 미니멀 라이프Minimal Life로 살아간다는 큰아이의 지탄을 받기도 한다. 그래서 홈쇼핑 방송이나 인터넷으로 옷을 구입할 때 큰아이의 눈치를 살짝 볼 때가 있다.

『패션에 쉼표를 찍다』라는 김정희 씨의 책에 보면 의복의 기능은 크게 정숙성, 신체 보호, 장식성 등으로 설명한다. 옷이 '부끄럼가리개'라는 말도 있듯이 '정숙성'이 옷을 착용하게 된 배경이라는 게 일반적인 견해라고 했으며, 신체 보호를 목적으로 더위와 추위 등의 외부 환경으로부터 보호하는 것이라고도 했다.

또한 옷에 관한 가장 설득력 있는 설명은 장식성으로, 아름다움을 추구하고자 하는 본능, 성적인 매력을 발산하고, 타인의 관심을 끌며, 용기와 지위를 표현하기 위해서 입는다는 것이다. 나도 장식성 이론에 한 표를 던진다. 겉모양으로 사람의 모든 것을 평가하지는 않지만 옷은 곧 그 사람을 볼 수 있는 바로미터 역할도 한다고 생각한다. 그러기에 사람들은 때와 장소에 맞게 옷을 입으려고 노력하는 것이 아닐까.

다음 주에 친구들과 여행을 가기로 하였다. 옷장 문을 여니 옷은 많은데 정작 입고 갈 옷이 마땅찮다. 인터넷 쇼핑 사이트를 열심히 보고 있다보니 거기에 있는 옷들을 집에서 입어보고 구매하면 좋겠다는 생각이 들었다. 인터넷 쇼핑은 편하다는 장점도 있지만 입어보지 않고 눈으로만 확인하고 구매한다는 단점들이 있다. 사이즈 조견표가 나와 있지만 옷의 재질에 따라 차이가 있어 옷이 왔을 때 사이즈가 생각보다 클 때도 있고 작을 때도 있어 만족도가 떨어진다. 또 디자인이 마음에 들어도 색상이 나랑 어울릴 것인지 아닌지 판단이 서지 않아 선뜻 구매를 못하고 망설인다.

가끔 온라인 쇼핑몰에서 마음에 드는 옷이 있는데 색상 선택하기가 곤란하면 2개를 구입했다가 하나를 반품하고는 한다. 그러다보면 카드 취소 등 여간 불편한 것이 아니다. 내가 큰아이한테 온라인 쇼핑몰도 입고 싶은 옷 다 보내주고 입어보고 선택할 수 있었으면 좋겠다고 했더니 그런 서비스를 시작했단다.

미국 아마존 유통회사의 프라임 워드로브prime wardrobe라는 서비스인데 여러 개의 옷과 구두 등을 주문하고 자신에게 맞지 않는 제품은 7일 이내에, 함께 온 반송박스를 이용하여 보내면 된다고 한다. 소비자의 마음은 동서양을 막론하고 비슷한가보다. 사람들의 욕구를 발견하고 어려운 일임에도 과감히 도전하는 아마존의 상술이 놀랍기도 하고 또한 무섭기도 하다.

온라인 상에서 옷을 사 입는다는 것을 생각할 수도 없었던 때가 불과 몇 십 년 전이다. 그런데 지금 온라인 상의 쇼핑이 이렇게 급상승 발전해가고 있다. 어쩌면 앞으로 멀지 않은 미래에 인터넷에서 원하는 옷을 클릭만 하면 우리 집 3D 프린터기로 옷이 프린트될 날이 있을지도 모를 일이다.

제관의 멋

얼마 전 대만으로 여행을 갔었다. 대만 국립박물관에 들러 그림 전시를 봤다. 명나라의 화가 문징명의 특별전이 열리고 있었는데 문외한인 내가 봐도 참 멋진 그림이다. 그림 위에 써진 글자(제관)의 해석을 부탁하자 가이드가 해석해주었는데 해설을 듣고 나니 더욱 멋스럽게 보였다. 그 중 알 수 없는 건 그림 위에 찍힌 도장이었다. 어떤 그림은 정중앙에 또 어떤 그림에는 여러 개의 도장이 찍혀 있기도 했다. 가이드에게 물으니 가운데 큰 도장이 황제의 것이라며 그로써 얼마나 대단한 그림인지를 알 수 있는 게 특징이라고 했다. 그럼 나머지 도장은 무엇인지, 의문만 품은 채 여행을 다녀온 직후『동양화 감상과 비평』이란 책을 읽었다. 읽고 나니 의혹이 풀렸다.

제관은 간단히 말해 그림 위에 쓴 문자라는 뜻이다. 화가가 그림을 그리고 화제畵題를 쓸 수도 있고 제시齊詩를 쓸 수도 있다. 어떤 사람이 제관과 도장에 대해 다음과 같이 말했다고 한다. "요리에 양념을 넣는 것은 제관을 쓰고 도장을 찍는 것과 같은데 양념을 넣지 않아도 또한 훌륭한 요리이지만 양념을 넣으면 색, 향, 맛이 증가하는데 어찌 넣지 않을 수 있겠는가?" 즉 그림을 그리고 화제와 도장을 잘 찍음으로써 그 그림이 금상첨화 화룡점정의 작용을 한다는 말이다.

그러니 제관과 도장은 화면에 변화가 부족할 때 보충해주고, 화면의 균등을 유지하고 경중을 조절하는 역할을 한다. 그래서 제관과 도장은 동양화의 독특한 양식인데 제관을 중시하는 작가들은 그림을 그리기 전에 제관의 위치를 고려해서 그린다고 한다. 그래서 어떤 사람은 제관을 잘하면 글씨 하나가 그림 속 천 개의 꽃에 못지않다고 말하기도 했다.

그렇게 중요한 제관도 과하면 그림을 망치는 경우가 종종 있다. 원나라 장수중의 그림 〈복사꽃과 새〉는 제발題跋, 그림 감상 시문을 쓴 사람이 무려 28명에 이르고 명나라 동기창의 그림에는 그림을 수장한 사람들의 제관이 무려 842자에 달하고 수장했던 사람들의 도장이 63개나 찍혀 있어 누더기 그림으로 만들어버렸다고 한다.

우리나라 김정희의 그림 〈불이선란〉에도 여기저기 수장했던 사람들의 도장이 찍혀 있다. 도장 하나, 제관 하나로 그림의 완성도가 달라진다. 행서로 쓸 것인가 해서로 쓸 것인가? 네모난 도장 혹은 둥근 도장이 괜찮을까? 큰 도장 대신 작은 도장이 좋을 것인가? 등등을 고민했다. 도장에 새긴 문구 또한 화가의 이름뿐 아니라 그림에 맞는 시구를 도장에 새겨넣고 찍었다 하니 얼마나 낭만적인가?

이렇게 화가의 혼을 녹여 완성한 그림인데 후대 사람들이 덧칠한 욕심과 허영이 그만 값어치를 떨어뜨려버린 것이다.

아름답고 멋진 그림을 소장했다는 흔적을 남기고 싶어 도장 하나를 찍고 제관을 한 것이 그림의 구도를 망친다. 단순한 욕심으로 찍은 도장 하나가 그림의 질서를 파괴하듯 우리도 살아가면서 다스리지 못한 욕심이 무수한 질서를 무너뜨리고 있다. 단순히 자기 충족을 위한 도구로 삼을 때도 추한 게 욕심이고 살면서 일어나는 문제의 원인은 대부분 소유욕에서 비롯되는 건 알았지만 작가의 예술혼이 깃든 그림에까지 작용하는 것은 도를 넘어선 탐욕이 아닐까 싶다.

인사동에서 도장 하나를 새겼다. 온갖 문체를 적용해 이름을 새겨넣었는데 진즉 도장의 멋을 알았다면 이름 대신 책 속의 글을 빛나게 해줄 그런 문구를 넣어 새길 걸 하는 아쉬움이 잠깐 들었다. 이 또한 욕심이겠지만 말이다.

취미가 뭐예요

지난 여름 시어머니 전화를 받았다. 텔레비전이 고장났으니 빨리 좀 고쳐달라는 내용이었다. 내가 구입했으니 서비스센터에 연락하라는 말씀이었다. 알았다고는 했는데 이틀이 지나가버렸다. 다시 전화한 어머니는 짜증 섞인 목소리로 텔레비전이 유일한 친구인데 없으니 못살 것 같다고 하시며 끊었다. 속으로 '참 유별나기도 하시지. 마을 경로당에도 나가고 마실 오는 분들도 많은데 텔레비전 못 보신다고 뭘' 하며 혼자 중얼거렸다.

그랬는데 지난 주말에 우리 집 텔레비전이 고장이 났다. 주중이면 나가서 활동하는 시간이 많으니 별로 필요성을 못 느꼈다. 그런데 하필 주말이었고 남편은 출장을 갔다. 학기도 끝나서 강의 준비를 하지 않아도 됐다. 속으로 쾌재를 부르며 보지 못했던 최신 영화를 다운받아 보면서 휴식을 취해야겠다는 생각을 했다.

날씨도 추운데 아랫목에서 뒹굴며 영화를 본다는 생각에 즐거움으로 충만했다. 텔레비전을 트니 소리는 나오는데 화면이 나오지 않았다. 처음에는 할 수 없지 하는 생각으로 핸드폰을 가지고 놀았다. 싫증나서 책을 읽고, 미뤘던 청소도 하고 요리도 해먹고 시간을 보냈다. 토요일은 그렇게 지나갔다. 일요일에 눈을 뜨자 바로 리모컨을 찾았고, 나오지 않는 텔레비전에 다가가서 어디가 고장이 났는지 살펴보고 만져보고 있는 내 자신을 발견하고는 쓴웃음이 나왔다. 텔레비전을 빨리 고쳐달라고 한다며 흉보았던 시어머니 생각이 났기 때문이다.

결혼 예물을 장만할 때도 남편과 상의해 텔레비전은 사지 않는 것으로 했다. 친정식구들이 그래도 있어야 한다며 만류해서 가장 작은 것으로 구입했었다. 신혼집을 방문한 시부모님을 비롯한 많은 사람들이 작은 텔레비전을 보고 놀라워했다. 별로 좋아하지 않아 작은 텔레비전으로도 불편함 없이 살았다. 아이들 키우면서 텔레비전을 좋아하는 큰아이와 전쟁을 치르며 텔레비전을 사온 것을 후회하기도 했다. 그리고 고장이 날 때까지 수십 년을 사용했다. 그랬던 터라 텔레비전에 대한 미련이 없다고 생각했다. 남들처럼 드라마에 빠지지도 않았고 나름 취미생활도 하면서 산다고 생각했는데 그 취미 중 하나는 텔레비전 보기라는 사실을 미처 깨닫지 못하고 있었다.

우리나라 노인들의 취미 1등은 텔레비전 시청과 라디오 듣기라는 통계를 본 적이 있다. 지금의 노인들은 어려운 시대를 살았던 사람들이다. 일제치하를 거쳐 한국전쟁의 소용돌이를 거치고 자식들 교육에 올인하며 살았던 분들이다. 취미활동은 고사하고 노후대책도 못하고 사신 분들이 대부분이다. 그러니 텔레비전이 최고의 친구이며 동시에 취미활동이라는 것을 이해할 수 있을 것 같다.

언젠가 어르신을 대상으로 한 프로그램을 본 적이 있다. 방송 주제가 '취미'였는데 손자들이 "취미가 뭐예요" 하고 물으면 난감하다고 했다, 먹고살기 바빠서 취미활동은 꿈도 못 꾸었고 아이들 독립하고 퇴직하면 시작해야지 했었다고 한다. 막상 퇴직을 하니 몸이 늙어 그렇게 하고 싶었던 등산도, 테니스 치는 것도 할 수가 없었다면서 최소한 퇴직하기 10년 전부터는 노인이 된 후를 생각해서 취미활동도 준비해야 한다는 인터뷰를 보았다.

맞는 말이다. 그 교훈 또한 지금 우리에게도 해당하는 말이지 싶다. 그들은 노후 준비는 생각할 새도 없이 어느 새 노인이 된 분들이 대부분이다. 그들의 정서적 지지는 미디어가 해주고 있고 세상 읽기도 가장 접하기 쉬운 텔레비전을 통해서 하고 있다. 시청률을 생각해야 하는 방송국은 대부분의 프로그램이 젊은층에 맞춰져 있다. 최근 우리나라는 노인인구가 늘어나 고령사회에 살고 있다. 이제는 노인이 참여하는 프로그램도 신경을 써야 하지 않을까? 우리 모두 바빠서 자주 찾아뵙지도 못한 어머니 아버지들이다.

빠른 길의 유혹

밤새 뭐가 그리 편치 않았는지 꿈속을 헤매다 잠이 깼다. 괴산 목도고등학교 3학년 아이들에게 소비자교육이 있는 날이다. 늦잠을 잔 탓도 있었지만 멀지 않은 거리에 있다는 생각에 여유를 부리다 그만 늦어버렸다. 부랴부랴 내비게이션을 켰다. 빠른 길 안내 1번과 빠른 길 안내 2번이 떴다. 무심코 1번을 누르고 출발하는데 내가 아는 길이 아닌 충주 쪽으로 안내를 했다. 음성읍을 거쳐 소이면을 지나면 바로 불정면인데 고개를 갸웃하면서도 차를 몰았다. 주덕을 지나면서 뭔가 잘못됐다는 생각이 들기 시작했다.

대소원에 이르자 오른쪽으로 목도를 알리는 이정표가 나왔다. 거기로 따라가면 소이면 어디쯤에서 만날 것 같은 생각이 들었지만 확신이 없어 머뭇거리다 신호등이 바뀌어 출발을 했다. 그랬더니 충주IC를 거쳐 중부내륙고속도로로 들어섰다. 아뿔사 내비게이션이 고속도로 경유 가장 빠른 길로 안내했다고 사태를 파악했지만 이미 때는 늦었다. 비는 쏟아지고 20㎞ 정도를 달려야 있는 괴산 톨게이트로 나가라는 안내를 하고 있었다. 도착시간이 9시 55분이라고 친절하게 안내하는 기계를 보면서 한겨울 날씨에 등줄기로 땀이 흘렀다. 톨게이트를 빠져나와서도 꼬불꼬불 산길을 넘어가야 했고 비 오는 길을 시속 100㎞로 달리면서 강의시간에 늦지 않기를 바라는 마음뿐이었다.

내가 아는 국도로 갔으면 도착하고도 남았을 것이다. 그런데 좀 더 빨리 가자고 내비게이션을 따랐고 내비게이션에서 나오는 '빠른 길'이라는 단어의 유혹에 넘어가서 이 꼴을 당한다고 생각하니 내 어리석음에 자괴감까지 들 정도였다.

사실 이번이 처음도 아니다. 내비게이션의 최단거리라는 유혹에 빠져 산을 넘은 적도 있었다. 내 차의 내비게이션이 얼마나 영리한지 산의 중앙을 가로지르는 임도로 나를 안내했던 것이다. 그때도 땀을 뻘뻘 흘리면서 좁은 임도를 따라 힘겹게 산을 넘었던 기억이 있다. 그날도 '최단거리'라는 내비게이션의 유혹이 있었다. 물론 오늘도 그때도 내비게이션의 마지막엔 목적지가 있었다.

산을 넘었던 혹독한 기억 이후 절대로 기계는 믿지 말고 내 의지대로 가자고 다짐했었는데 그새 잊어버렸다. 강의를 마치고 돌아오는 길에 참 많은 생각을 했다. 나도 지금 인생의 길을 가면서 빨리 간다는 생각으로 엉뚱한 길로 가고 있는 것은 아닐까? 또 대소원에서 이정표를 봤을 때 그때라도 길을 바꿨더라면 그렇게까지 돌아가지는 않았을 것이다. 나도 지금쯤 내 삶의 수정궤도를 놓치고 있는 것은 아닌지, 더 늦기 전에 점검해봐야 하는 것은 아닌가 하는 생각들로 오후를 보냈다.

그날 저녁 퇴근한 남편이 할 말이 있다며 나를 불렀다. 네가 알아두면 좋은 것 같다며 말을 꺼내더니 지금 회사 사정이 어떻고 만약 자기가 없으면 어떻게 하라는 말을 했다. 다른 때 같았으면 무슨 일이냐? 끝까지 캐물으면서 궁금해했을 텐데 남편도 오늘 나 같은 상황을 만났을지 모른다는 생각에 잠자코 들어주었다. 그도 오십대를 살아가면서 자기 삶을 돌아보는 시간이 있었나보다고, 그래서 내게 이런 말을 하나보다고 추측했다. 삶이라는 고개를 넘어가면서 어리석은 자신과 만나 깨달음을 얻는 오늘 같은 날이 남편에게도 나에게도 꼭 나쁘지만 않을테니까.

기억한다

지난 3월 1일 텔레비전을 통해 처음으로 삼일절 행사를 지켜보았다. 학창시절에도 그날은 휴일이었기에 행사에 참여할 일은 별로 없었다. 육당 최남선이 문안을 작성하고 33인이 서명한 뒤 의암 손병희가 선포했다는 독립선언문 낭독을 들을 때는 나도 모르게 가슴이 울컥했다. 행사 마지막 순서는 삼일절 노래를 제창하는 것이었다. 전주가 나오고 식장에 모인 사람들이 하는 대로 나도 모르게 흥얼거리는데 놀랍게도 완벽하게 기억하고 있었다.

내가 이렇게 기억력이 좋았던가 싶어 텔레비전을 끄고는 초등학교 때 외웠던 '국민교육 헌장'에서부터 광복절과 개천절, 제헌절 등의 국경일 노래를 불러보니 막힘없이 술술 나오는 것이다. 그 동안 세월이 수십 년이고 자주 불러본 적이 없거늘 어떻게 다 기억하는지 모르겠다. 물건 하나를 찾으려도 둔 곳을 몰라 쩔쩔매는 게 일이고 어제 일도 가물가물한데 옛날 기억이 고스란히 남아 있다는 게 참으로 신기하다.

친구에게 말했더니 자기도 다 기억하고 있다면서 줄줄이 읊어댔다. 어린 시절의 기억은 그대로 저장되는 것일까? 그런 기억력이라면 공부도 일등을 했어야 하는데 그러지 못한 것이 또 이상하다. 친구는 어릴 때부터 세뇌교육에 길들여져서 그렇다고 했지만 간단히 치부하기에는 뭔가 석연찮다.

우리는 우리가 가지고 있는 기억능력의 10%도 사용하지 않고 살고 있다고 한다. 최근 들어 가장 무서운 질병으로 떠오르고 있는 치매는 기억을 잃어버리는 게 특징이며 누구에게나 두려운 병으로 손꼽고 있다. 치매환자가 한 집안에 있으면 모든 가족의 일상이 무너지는 일을 많이 봐왔다. 그래서 다음에 늙더라고 치매만은 걸리지 말자고 치매예방 노력을 하는 사람들이 많다.

기억력을 증진시키는 데는 잘 먹고 잘 자고 운동을 잘해야 효과를 볼 수 있다고 한다. 기억력은 또 훈련을 통해서도 좋아진다는 말을 들었다. 기억력대회에서 챔피언을 한 미국의 론 화이트는 날마다 일정한 시간을 할애해서 특정 단어를 외우고 숫자를 암기하는 피나는 노력으로 챔피언 자리에 올랐다는 것이다. 기억력은 타고난 것이거나 유전이기도 하지만 웬만치 나이가 든 이후에는 노력의 결과로 얻어진다는 사실을 몰랐다.

기억이라는 것이 참 요상한 것이어서 내가 기억하고 싶은 것만 기억하는 경우가 많은 것 같다. 돌아가신 친정 부모님에 대한 추억은 어린 시절부터 시시콜콜 다 기억이 나기 때문에 늘 가슴을 아프게 한다. 내가 잘못한 것은 별로 생각나지 않는데 누군가 내게 서운하게 했던 것은 수십 년의 시간이 흐른 뒤에도 손바닥에 올려놓을 만치 또렷하다.

이와는 반대로 좋은 기억 때문에 현재의 나쁜 기억을 잊게 되는 케이스를 보았다. 오래 전 근무하던 직장에 바람둥이로 유명한 상사가 있었다. 새는 앉을 때마다 깃을 떨어뜨린다고 하더니 그 사람이야말로 가는 곳마다 염문을 뿌리고 다니는데 아내하고는 뜻밖에 잘 살고 있었다. 여직원들 사이에서는 늘 화젯거리가 되었다.

어느 날 상사의 아내와 이야기를 할 기회가 있었다. 그 여자의 말에 의하면 자기는 남편하고 10년 동안 연애를 했는데 그 기억이 너무 좋아 남편을 용서하고 살아갈 수 있는 힘이 되었노라고 했다. 시앗을 보면 돌부처도 돌아앉는다. 하지만 부부 간의 소중한 추억은 증오심과 질투를 무색하게 만들 정도로 강력한 힘을 가진 것 같다. 결혼생활을 오래한 지금 정말 그럴까 믿기지 않지만 그 아내의 웃음 짓던 표정은 아직도 선명하다.

잔인한 4월

내가 시골에 사는 걸 행복으로 느끼게 된 건 봄 때문이다. 개나리가 이른 봄소식을 알리고 지나가면 그 뒤를 벚꽃이 이어 꽃비를 내린다. 벚꽃이 진 자리를 붉은 영산홍과 분홍빛 복사꽃 물결이 채워주고, 도로 곳곳에 화려한 꽃잔디가 피어 보기만 해도 마음이 풍요롭다. 이제 라일락 향기가 사라지면 곧 여름이 올 것이라는 꽃이 알리는 계절 예보를 듣게 될 것이다.

작은 소읍에 사는 것을 별로 좋아하지 않았다. 때가 되면 도시로 떠날 준비를 했고 친구들을 만날 때도 내가 서울로 올라가곤 했다. 그곳의 세련되고 고급스러운 찻집과 음식점에서 차를 마시고 식사를 하고 와야 조금은 숨통이 트이는 듯한 착각에 빠지곤 했는데 요즈음은 이 소읍에 살기를 정말 잘했다는 생각이 든다.

좋아하는 꽃들을 3월부터 5월까지 실컷 볼 수 있기 때문이다. 눈만 들면 꽃들이 널려 있어 행복하게 해준다. 거기다가 달이라도 뜨는 날 동네를 돌아다니다보면 '이화에 월백'한다는 옛 시인의 글귀가 생각난다. '금상첨화'에서 '비단 위에 꽃'이라고 할 때의 꽃은 비단처럼 화려하지만 하얀 배꽃이 달빛 아래 더욱 하얗게 빛날 때는 금상첨화 못지않는 아름다움에 눈이 부시다.

이런 날은 또 해찰부리며 오래도록 걷는다. 천변을 지나다가 문득 꽃잔디 앞에 앉는다. 어릴 적 동화책에서 봄에 잠깐 피었다가 지는 꽃은 어린 아이가 죽으면 그 영혼이 꽃으로 피어난다던 구절이 생각났다. 그래서 그런지 꽃을 보면 슬픔도 같이 느껴진다. 세월호의 꽃다운 학생들의 죽음이 생각나서 마치 그들의 영혼인 양 꽃을 들여다본다. 임형주가 부른 〈천 개의 바람이 되어〉란 노래가 떠올라 꽃들 앞에 오래오래 앉아 있었다.

작자 미상의 시를 노래했다는데 미국의 9·11테러 등 세계적으로 슬프고 가슴 아픈 일이 있을 때 불리는 노래였다. 그런데 이 노래가 아름다운 봄날에 우리의 가슴을 울릴지 누가 알았겠는가.

"나의 사진 앞에서 울지 말아요./ 나는 그곳에 없어요./ 나는 천 개의 바람/ 천 개의 바람이 되었죠/ 저 넓은 하늘 위를 자유롭게 날고 있죠/ 가을엔 곡식들을 비추는 따사로운 빛이 될게요/ 겨울엔 다이아몬드처럼 반짝이는 눈이 될게요/ 아침엔 종달새 되어 잠든 당신을 깨워줄게요/ 밤에는 어둠 속에 별 되어 당신을 지켜줄게요/ 나의 사진 앞에서 있는 그대/ 제발 눈물을 멈춰요."

이 노래를 듣고 있으면 정말 어린 학생들이 무책임하고 무능한 어른들을 원망하지 않고 오히려 우리를 걱정하는 듯 느껴져 가슴이 아리다. 그 영혼들은 어둡고 차가운 바닷 속을 떠나 천 개의 바람이 되어 자유롭게 떠돌며 곡식을 비추는 따사로운 빛이 되고 다이아몬드처럼 반짝이는 눈이 되기를 바라본다.

올 봄에도 꽃들은 앞다투어 피고 있다. 꽃은 곧 질 것이다. 하지만 내년을 다시 기약할 수 있으니 슬프지 않다. 앞으로는 봄꽃을 보아도 마냥 행복해하지는 못할 것 같다. 어른들이 지켜주지 못한 어린 생명들의 넋이 꽃으로 핀 양 어여삐 여기며 잔인한 4월을 기억해야 될 것 같아 사뭇 착잡하다.

발문

수필로 지은 자기 집

반숙자/ 수필가

누에가 알에서 깨어나면서 뽕잎을 먹고 자란다. 자라면서 허물을 네 번 벗는다. 다 자라면 왕성하게 먹어대던 뽕잎 먹기를 멈추고 섶으로 올라가 고치를 짓기 시작한다. 입에서 실을 뽑아내어 제 몸을 감춘다. 사람들은 누에에서 뽑아낸 실을 비단실이라고 한다. 그러면 누에는 제 사명을 다했는가.

이번에 세 번째 수필집 『꽃의 온도를 재다』를 내는 강희진 작가에게 축하를 보낸다. 작가가 작품집을 낸다는 것은 열심히 살았다는 증거이고 문학에 대한 애정이 식지 않았다는 증거라서 기쁜 마음으로 이 글을 쓴다. 글을 읽으며 누에가 떠오른 것은 자기만의 언어로 자기에게 맞는 고치를 지으며 성실하게 살아가는 모습이 예사롭지 않았다. 세상에 아무리 좋은 자재로 최고의 집을 지었다 해도 편리하지 않고 안락하지 않다면 오래 살 수가 없다. 수필도 마찬가지다. 수필은 우리의 삶을 의미화하는 일이고 나아가 생활의 의미가 될 때 알차게 영글 수 있다. 비로소 인간학에 다다르는 것이다.

작가를 처음 만난 것은 26년 전 여성백일장에서다. 소읍에서 처음 열리는 백일장에 올망졸망 아기들을 안고온 젊은 엄마들, 그들은 이렇게 누에 알이 되었다. 지식에 대한, 문학에 대한, 나아가서 세상에 대한 의욕이 왕성했다. 날라다주는 뽕잎을 먹고 소개하는 책들을 열심히 읽으며 자기 세계를 구축해나갔다. 자발적 열정은 누구도 말리지 못했다.

누에가 허물을 벗듯이 수필가가 되고 자신의 삶을 알차게 꾸려가며 만학으로 대학원에 진학해서 박사 학위를 받고 후세를 위해 대학 강단에서 강의를 하고 있다. 다음으로 벗은 허물은 현실참여다. 이곳 문인들의 뜻을 받아 음성문인협회 회장으로 내실을 다지고 여성단체 수장으로 발탁되어 1,800여 명의 회원과 함께 여성권익 향상과 각종 봉사활동으로 지역사회의 동량이 되었다. 각종 신문에 칼럼으로 여성의 권익을 대변하고 선한 영향을 끼치는 일에 앞장섰다. 근년에는 음성예총 회장으로 전국품바축제를 활성화하고 지역을 알리는 데 공을 들이고 있다. 솔선수범하고 한번 맺은 인연에 대해 최선을 다하는 성실성으로 그는 아름다운 세상을 가꾸는 데 열성을 다하는 중이다.

이러한 사회활동이 외적인 허물벗기라면 그동안 두 권의 수필집을 상재한 것은 내적인 허물벗기라 할 수 있다. 첫 수필집이 자아탐색의 여정이었고, 두 번째 수필집은 가족. 이웃으로 확대된 수필관을 엿볼 수 있었다. 이번에 상재하는 세 번째 수필집에서 변화는 사회에 대한 의식의 확장이다. 이러한 변화에 의미를 두고 싶은 것은 서정수필이 주류를 이루는 수필문단에 사회수필의 새로운 가능성을 보여주기 때문이다.

수필이 선비문학이라 해도 우리는 시대와 함께 살아가고 사회 속에 일원으로 더불어 살아간다. 그럼에도 현실참여나 사회적인 문제에 대해서는 참여보다 관망 쪽에 비중을 두지 않았나 싶다. 원로작가 이정림 선생은 지극히 개인적이고 협소해진 한국수필의 성격에서 탈피할 수 있는 방안으로 사회수필을 권장한다고 했다. 자신이 처한 시대의 일원으로 그 사회가 안고 있는 공동의 관심사와 문제의식을 공유해야 하며 나아가서는 시대의 아픔을 함께해야 한다고 피력했다.

강희진 작가의 작품에는 서정수필이 있고 온기 가득한 수필도 많지만 사회의식이 드러난다. 소재의 유형과 주제의 범위를 통합하여 주목한 것은 우리가 살아가는 시대와 사회에 대한 열린 시각이다. 자칫하면 간과하기 쉬운 사안들을 소재로 택하여 부각하고 해부하고 고민하며 공동체의식을 제시한다. 시각이 예리하다. 그것은 작가가 참여한 단체활동에서 얻은 감각일 것이다. 신문을 읽을 때 문화면을 꼼꼼히 읽는 사람이 있고 사회면을 중요하게 파고드는 사람이 있듯이 수필을 쓰는 작가들도 관심에 따라 선택되는 소재들이 다르다. 우리 사회에 묻혀 있던 남아선호 사상의 병폐와 양성평등에 대한 사안들이 적나라하게 표면화되면서 이슈가 되고 있는 소재로 쓴 글을 주목했다. 바로 작품 「미스비헤이비어」다.

〈미스비헤이비어〉는 기존의 관습과 질서를 거부하는 행동을 의미하는데 이 영화가 미스MISS월드 반대운동을 함께 담고 있어 중의적인 뜻을 품고 있다. 1970년 영국 런던 미스월드 선발대회 시청률이, 역사상 최고의 사건이었던 우주선이 달에 착륙했던 방송보다 더 높았다고 한다. 전 세계 1억 명이 미스월드 선발대회를 시청했다니 그 인기를 실감하겠다. 50년 전 런던 미스월드 선발대회 생방송장에 몰래 잠입해 여성의 성상품화와 평가반대를 외쳤던 여성들의 실화를 다룬 영화이다..

—「미스비헤이비어」 중에서

작가가 영화를 보면서 1970년대 가부장제사회에 맞서 성평등을 외치고 관철한 여성들이 인종차별과 성차별을 이겨내는 모습에 큰 감동을 받은 것은 아직도 우리 사회에 그러한 폐습이 남아 있음에 공감했기 때문이라 했다. 작가가 삶의 현장에서 부딪혔던 경험이, 또 한국사회와 세계 도처에서 벌어지고 있는 성차별, 인종차별들이 이 작가로 하여금 글을 쓰게 하지 않았나 싶다.

작가는「복실이의 죽음을 애도하며」에서도 공장에서 키우는 강아지의 죽음에서 정인이 사건과 칠곡계모사건. 인천여아학대사건을 짚어가며 생명에 대한 외경으로 확대한다. 작품「반딧불이」에서는 칼럼에서 외연을 확대해 사회수필의 틀을 갖추었다. 반딧불이는 작가가 해외여행을 하면서 체험한 소재에 사유의 공간이 들어 있어

주제의 의미화를 채운 작품이다

하나하나는 미약한 빛이었지만 돌아가 맹그로브나무 위에서 펼치는 춤사위는 황홀했다. 그것을 보면서 지난해 광화문 촛불을 떠올렸고, 세월호 참사 때 자원봉사자의 물결이 스쳐지나갔다. 우리 모두는 이름 없는 반딧불이처럼 화려하지도 빛나지도 않지만 가족이라는 이름으로, 사회라는 이름으로, 국가라는 이름으로 모여 빛을 발하면 거스를 수 없는 거대한 물결이 된다는 것을 경험했다. 풍광의 아름다움뿐 아니라 진리의 깨달음이 있는 코타키나발루의 석양을 찾아 떠난 여행은 오랫동안 감동으로 남을 것 같다. 독감으로 인해 함께하지 못한 후배들과 만나 여행 이야기를 하면 '우리'라는 아름다운 반딧불이 공동체 이야기로 꽃을 피울 것 같다.

—「반딧불이」 중에서

개체의 미약함에서 출발하여 가족 사회 국가라는 공동체의 위력에 공명하는 수필로 바로 사회수필이 아닐까 싶다. 작가의 의식이 사회 속에 깨어 있을 때만 가능한 글이다. 칼럼적인 소재가 사회수필이 되기 위해서는 문예성과 접목해야 하는데 그것이 우리 수필가들이 짊어져야 하는 과제다.

두 번째는 자기다움의 미학이다. 수필은 개인의 체험을 소재로 하는 장르다. 단순한 체험의 서술에서만 머물러서는 문학성을 확보

할 수 없다. 개인적인 체험이 어떻게 의미화 과정을 거쳐서 보편적 체험으로 확대되느냐에 따라 수필문학의 성패가 갈린다. 그러기 위해서는 깊이 있는 사유와 삶에 대한 통찰과 철학이 담겨 있어야 하는데 쉽지 않다. 많은 작가들이 빼어난 글을 쓰고 싶어하지만 경험과 사유에서 얻는 것은 바로 자기만큼이다. 자기다운 옷. 자기다운 글일 때 자연스럽고 조용한 감동을 준다. 그것은 미완의 문학이기 때문이다. 수필이 나라는 일인층 문학으로 나를 키우는 일이 선행되어야 할 이유이다.

수필 「할머니 미용사의 하루」를 보자. 당일 행사를 앞두고 머리 손질을 하기 위해 미용실을 찾다가 변두리에 있는 의자가 달랑 두 개뿐인 미용실을 찾아간 이야기다. 작가는 초라하기 그지없는 할머니 미용사라는 선입견이 대화를 통해 깨지는 계기를 보여주고 인생의 지혜를 얻는다.

걱정은커녕 30여 년 찾아오는 단골들과 함께 늙어가는 게 즐겁다고 하는 말이 어찌나 경쾌하게 들리는지 나 역시도 기분이 좋았다. 배운 거라곤 단지 미용기술이어서 어디를 가든 다른 일은 엄두를 내지 못한다며 찾아오는 이들이 있으면 계속할 것이라며 머리에 대한 이러저런 에피소드를 얘기하시는데 의외로 밝은 표정이다.

(…)

젊어도 전혀 젊지 않게 사는 무력한 사람이 훨씬 많다고 보면 나이를 의식하지 않는 모습은 경건한 삶의 모본 그대로였다. 나이보다 중요한 문제는 늙어서도 젊을 때와 다름없이 열심히 사는 자세다.

—「할머니 미용사의 하루」 중에서

이 글은 자기답게 살아가는 할머니 미용사를 통해 나이를 의식하지 않는 삶의 자세에 대한 작가의 통찰이 공명하게 하는 글이다.

가족을 소재로 한 수필 가운데 「5분 모녀」가 있다. 표제가 주는 상징성에 호기심을 일으킨 글이다. 작가에게는 영민한 딸이 둘 있고 세 모녀를 풍성하게 감싸주는 옆지기가 있어 안심하고 자기 일에 몰두할 수 있다. 화목한 가정이 모든 역량의 원천이다. 그 가운데 둘째 딸에 대한 이야기로 모든 어머니가 공감할 재미있고 의미 깊은 글이다.

청소년기의 특징을 알면서도 작은아이랑은 원만한 대화를 이끌어가지 못하던 때가 있었다. 주말에 기숙사를 찾아가서 만나면 적조했던 얘기를 나누고 수다를 떨다가 5분이 지나면 그때부터 싸움이 시작된다. 이번에 만날 때는 그러지 말아야지 하다가도 막상 부딪치면 똑같은 상황이 반복된다. 그래서 우리는 '5분 모녀'다.

—「5분 모녀」 중에서

작가는 자신의 모녀 관계를 겪으며 다른 집 모녀에 대한 탐색을 한다. 바로 병원 복도에서다. 세 쌍의 모녀들을 관찰하고 같은 상황임을 안다. 그러나 아는 것에서 그치지 않고 대학 은사님이 딸을 기를 때 이야기를 간접체험하며 1970년 남존여비사상이 팽배했던 시대에 자신의 의사를 당당하게 밝히도록 딸에게 자존감을 심어준 교수님의 예를 통해 현재의 자신을 성찰하는 글로 직선적이고 담백한 관계의 미학을 보여준다.

강희진 작가의 글은 솔직하고 담백하다. 문장에서나 내용에서나 미사여구로 꾸미지 않는다. 삶이 수필임을 본연대로 보여준다. 지금까지의 글이 변화의 과정이었다면 앞으로는 사유의 폭을 확대하여 더 알찬 수필을 쓰기를 당부한다. 여기서 처음의 의문에 답한다. 여기 머물지 않기를. 끊임없이 허물을 벗고 끊임없이 새로 태어나기를. 『지상의 양식』을 쓴 앙드레 지드는 주위가 우리와 흡사하게 되면, 또는 우리가 주위를 닮게 되면 이로울 것이 없으니 자기의 방을 과감히 떠나라고 했다. 미미한 알에서 나로 출발한 글나라 여정에서 우리라는 대하大河에 합류하여 표표히 흐를 때까지 멈추지 말고 항해하기를.

강희진 수필집

꽃의 온도를 재다

지은이_ 강희진
펴낸이_ 조현석
펴낸곳_ 북인
디자인_ 푸른영토

1판 1쇄_ 2021년 12월 03일
출판등록번호_ 313 - 2004 - 000111
주소_ 121 - 842 서울 마포구 서교동 467 - 4, 301호
전화_ 02 - 323 - 7767
팩스_ 02 - 323 - 7845

ISBN 979-11-6512-039-9 03810

이 책은 충청북도, 충북문화재단의 후원으로 문화예술육성지원사업의 일환으로 지원받아 발간되었습니다.

충청북도 CHUNGCHEONGBUK-DO 충북문화재단 Chungbuk Cultural Foundation